Todo eso que nos une

ANA CAMPOY

1.ª edición: mayo de 2018

© Del texto: Ana Campoy, 2018
© Grupo Anaya, S. A., 2018
Juan Ignacio Luca de Tena, 15. 28027 Madrid
www.anayainfantilyjuvenil.com
e-mail: anayainfantilyjuvenil@anaya.es

Diseño de cubierta de Álex Alonso

ISBN: 978-84-698-3640-8
Depósito legal: M-7569-2018
Impreso en España - Printed in Spain

Las normas ortográficas seguidas son las establecidas por la
Real Academia Española en la *Ortografía de la lengua española*,
publicada en el año 2010.

*Reservados todos los derechos. El contenido de esta obra está protegido por la Ley,
que establece penas de prisión y/o multas, además de las correspondientes
indemnizaciones por daños y perjuicios, para quienes reprodujeren, plagiaren,
distribuyeren o comunicaren públicamente, en todo o en parte, una obra literaria,
artística o científica, o su transformación, interpretación o ejecución artística fijada
en cualquier tipo de soporte o comunicada a través de cualquier medio,
sin la preceptiva autorización.*

Para Amanda,
porque esta es nuestra historia

Capítulo 1

De: Anne Rottenmeier
Para: Charlotte Rottenmeier
Asunto: Mi nuevo trabajo

No, querida. No me he vuelto loca. Es la única salida que he encontrado para mi precaria situación. Sé que no me crees, pero te aseguro que es cierto: encontrar alojamiento en Frankfurt está siendo más complicado de lo que pensaba. Decías que te daba miedo aquella idea de irnos a ver gorilas africanos, la fauna salvaje. Pues bien, ESTA es la fauna salvaje. Cuando tenga tiempo, te relataré mis aventuras por la ciudad en busca de un hueco cochambroso al que llamar apartamento. Ya verás como entiendes mi postura y mi decisión desesperada.

En serio. Esto tampoco está mal. Ser *au pair* de una niña bien educada unas horas al día tampoco es nada del otro mundo. El padre apenas para en casa, así que podré expandirme a mis anchas y colonizar el piso (¡y qué pisazo!). Alucinarías de lo limpio y lo caro que es todo. Sin duda, esta gente tiene muuucha pasta.

Bueno, hasta aquí por hoy. Tengo que deshacer la maleta y establecerme en mi nuevo hogar. Sé que me envidias,

lo sé de buena tinta. Conozco tus miraditas. Seguro que estás poniendo ahora mismo el ceño de papá. ¿Me equivoco?
Anda, alégrate por mí aunque sea un poquito. Sé que esta decisión es el comienzo de mi nueva gran etapa.
Estoy convencida.
Te escribo en cuanto me instale.

¡Mua!

Anne

De: Charlotte Rottenmeier
Para: Anne Rottenmeier
Asunto: Re: Mi nuevo trabajo

Anne:

Precisamente no son ellos los que me preocupan, ¡sino tú!
¿Les hablaste de tu mal carácter en la entrevista?
Jamás habría creído que te harías cargo de nadie que tuviera menos de cuatro patas.

Venga, vale. No voy a ser cruel contigo. Solo te daré unos cuantos consejos:

1. Por lo que me has contado, veo que esa niña no tiene madre. Si quieres conservar el techo bajo el que vives, procura ser AGRADABLE con ella. Tiene doce años, está al borde de la adolescencia. Es una edad complicada, ¿recuerdas?

2. ¿En qué consisten exactamente los «desórdenes» de la niña? ¿Les has explicado que no eres enfermera precisamente? El curso de primeros auxilios de la Cruz Roja no sirve. Te metiste en él para ligarte a Friedrich. Seguro que no atendiste demasiado.

3. Procura disfrutar de Frankfurt y de tu nueva vida. Ya sé que no es igual que la comodidad de casa y de la Universidad de Berlín, pero ¡tú has elegido este camino! Has ido allí a cumplir tu sueño, así que no te desanimes si tienes un mal día. Y, sobre todo, ¡no lo pagues con la niña!

Besos,

Charlotte

Tras leer el último correo de mi hermana, me di cuenta de que, como suele ser habitual, Charlotte llevaba razón. El berenjenal en el que me había metido era espinoso, aunque ya era demasiado tarde para echarme atrás.

No había modo de encontrar un maldito apartamento decente en Frankfurt. Al menos, uno con un precio asequible. El dinero que tenía ahorrado no daba para mucho. La cantidad había ascendido a base de esfuerzo y aportaciones familiares desinteresadas, y no podía permitirme malgastarla. Quería llevar adelante mis propósitos y no regresar a Berlín con el rabo entre las piernas, por eso me había lanzado a la búsqueda de una solución original que me salvara el pellejo.

Sabía que Charlotte no se había tragado el Disneylandia que le había relatado en mis correos. Ha ocurrido lo mismo desde que las dos tenemos uso de razón: yo intento edulcorar las situaciones poniendo mil excusas a favor, mientras ella me mira con una ceja levantada evaluando hasta dónde tragarse. Y, en esta ocasión, nada era diferente. Clara, la niña de la que tenía que hacerme cargo, poseía un historial médico diez veces más extenso que un señor de la tercera edad. Sufría un problema de riñón (algo que la obligaba a someterse a diálisis tres veces por semana) y mi misión consistía en hacerle la vida agradable.

Soy muy consciente de mi mal carácter. Creo sinceramente que en las situaciones engorrosas es mejor ser directa. Lo que pasa es que el resto del mundo interpreta mi actitud como cruel y despiadada. Hace años que asumí que mi visión de las cosas suele ser demasiado borde para la humanidad que me rodea. El único problema es que no soporto que nadie me lo diga.

De: Anne Rottenmeier
Para: Charlotte Rottenmeier
Asunto: Re: Re: Mi nuevo trabajo

Te equivocas. De cabo a rabo. En todas las cosas.

Esa niña va a besar su caro suelo de madera por donde yo lo pise, pues dispongo del comodín del piano (¡Ja! ¡No te lo esperabas!). Su padre me ha contratado precisamente por eso. Clara pasa mucho tiempo sola en casa y necesito distraerla, así que prefiere contratar a una cuidadora-música que le dé clases en lugar de a una cuidadora-enfermera.

Tu segunda equivocación es acerca de Friedrich y la Cruz Roja. He de decir que desde la primera clase sospeché que era una relación imposible. Pero ya sabes lo masoca que soy. No vi inconveniente en lanzarme a la desesperada: el boca a boca. Aunque mis esfuerzos no obtuvieron resultados en aquella ocasión (si llego a saber cómo acabó todo después, me habría apuntado a tejer punto), lo bueno fue que aprendí la respiración artificial como nadie. La mejor de la clase.

De todas maneras (y volviendo a Clara), según me explicó el señor Sesemann, es decir, su padre, el problema de salud está bastante regulado. Le conté que mis nociones de enfermería eran básicas (digo yo que algo habré aprendido en el curso de la Cruz Roja) y pareció conforme. De todas maneras, si veo que el trabajo no me convence o me impide ir a mis clases, siempre puedo dejarlo. Al menos tendré un lugar para vivir mientras busco otra cosa. Así que no te preocupes más.

Besos,

Anne

Más me valía que no fuera así. La peregrinación en busca de un cuarto habitable me había costado una semana de gastar dinero en noches de albergue y en valeriana. Había sido una travesía salpicada de caseros estrafalarios que casi me había hecho arrojarme al río Main.

La primera de todas había sido Loca de los Gatos Número 1. Por el anuncio que había puesto en Internet, la casa tenía muy buen aspecto. Aseguraba ser diseñadora de interiores y se había preocupado por que las fotos fueran decentes y sofisticadas (vamos, que se había molestado en pasarles un filtrito de Instagram). Debí de sospechar que, al igual que ocurre en las fotos de personas, los filtros suelen ser el mejor recurso para tapar imperfecciones. La casa era tan vieja que nada más traspasar el umbral comprendí por qué el brillo de las fotos estaba tan aumentado. Tras mostrarme el cuarto infecto en el que pensaba emparedarme (aún me sigo preguntando qué filtro utilizó para retocar aquella foto), me dirigió hacia la cocina, donde me preparó un té y comenzó a acariciar a su gato bola de pelo.

La conversación derivó casi instantáneamente hacia su divorcio, su estado de nervios y la medicación que tomaba para superarlo (una charla verdaderamente adecuada para alguien de dieciocho años que pretende alquilarte una habitación). Me tomé tan rápido el té que casi me abraso la garganta. Estaba claro que corría peligro si me quedaba allí un minuto más.

Mi segundo encuentro fue con Budista Rencoroso. No se había molestado en poner filtros a las fotos, pero el anuncio me pareció tan surrealista que decidí ir a conocerlo (¿Quién sabe? A veces, las apariencias engañan). Me encontraba a mitad de semana y la página de anuncios empezaba a resultar un páramo desasosegante. Este era el único en el que las fotos eran decentes:

Hola, futuro compañero (¡o compañera!). Vivo en un piso de tres habitaciones y me gustaría compartir mi casa con personas felices y que tengan pasión por la vida. Soy una persona a la que le encanta sonreír por lo menos cincuenta veces al día. Me dedico a dar clases de yoga, ajedrez y español. Por mi casa también se deja caer mi novia Theresa (bueno, nuestra relación no está muy clara en este momento) y mi gata Navidad, con las que podrás cruzarte por las mañanas. Los tres respetamos cualquier creencia, aunque practicamos el budismo y el veganismo. Si quieres vivir en un ambiente relajado y con olor a jazmín, mándame un mensaje y vienes a visitarnos.

Era estrafalario, desde luego. Pero la casa parecía luminosa, tranquila y, lo que es más importante: limpia. Daba la impresión de que con el budista podía irme bien.

Por desgracia, no había contado con la entrevista:

—¿Y por qué has decidido mudarte a Frankfurt? —quiso saber el budista cuando ambos nos sentamos a tomar un té.

—Para cumplir mi sueño —respondí—. He estado esperando a acabar el instituto para intentarlo. Me gustaría tocar algún día en la Filarmónica de Berlín. En Frankfurt hay una de las mejores escuelas y querría ingresar el año que viene. Conozco a un profesor que puede prepararme.

Creía que un tipo como aquel entendería el significado de la palabra «esperanza». Sin embargo, su reacción no fue la que yo esperaba. Nada más pronunciar «Filarmónica», su rostro se ensombreció.

—Así que eres música —murmuró, vacilante—. ¿De qué instrumento?

—Violonchelo.

—Oh, Dios...

El budista se pasó una mano por la cara, tal y como si yo le hubiera anunciado la muerte de un ser querido. La gata Navidad fue a cobijarse sobre su regazo.

—Perdona las molestias —añadió, incorporándose—. Pero no viviré con nadie que toque un instrumento de cuerda.

—Pero ¿por qué? —pregunté—. No tocaré en casa si eso es lo que te preocupa.

Sabía que ese ofrecimiento a la desesperada era injusto para mis intereses. Pero aquella casa me encantaba. ¡Me gustaba de veras! Siempre podría encontrar algún lugar en el que practicar fuera.

—No. No se trata de eso —aclaró él—. Es por culpa de Theresa.

El budista se giró hacia una pared en la que había pinchadas multitud de fotos de una rubia tocando una viola; la responsable de la relación complicada del anuncio, sin duda.

—Theresa y yo rompimos definitivamente hace dos días —confirmó el budista—. Y ha sido una relación tan tormentosa que he decidido no vivir con ningún músico más. Al menos ningún otro que tenga un instrumento de cuerda. Me daría muy malas vibraciones...

No podía creerlo. Ahora resultaba que sufría discriminación por instrumento. Que la cosa no hubiera importado de haber tocado la trompeta. Me pareció lo más injusto que me había pasado desde la indiferencia de Friedrich.

—Perdona que me entrometa en esto —le dije, bastante contrariada—. Pero, si sufriste tanto por esa relación, ¿por qué tienes fotos de ella por todas partes?

—Me ayudarán a superar mi rencor —respondió él—. Confío en que llegará un momento en el que me acostumbre a verla en cualquier sitio. Ahora mismo solo me apetece coger la viola de Theresa, cortarle todas las cuerdas y prenderle fuego en esa estufa de ahí. Pero me contengo por la pobre Navidad. Theresa ha sido su mamá y no está bien que yo cobije estos sentimientos tan dañinos hacia ella.

A pesar de que cualquiera hubiera salido corriendo dejando la conversación sin terminar, opté por quedarme un rato a acompañar al budista. Estaba deprimido y no me pareció bien abandonarlo así. Bueno, la verdad es que aún albergaba la esperanza de que me viera como alguien a quien contarle sus penas, se apiadara de mí y me dejara alquilarle el cuarto. ¿Síndrome de Estocolmo? ¿Premenstrual? ¿De loca demente? Quién sabe... Estaba tan desesperada por dejar el albergue que no me importaba arrastrarme un poco más. Cuando una se cambia de ciudad e inicia una nueva vida, jamás piensa en las locuras que va a cometer con tal de obtener refugio y comida. Deberían ponerle un nombre clínico. Algo así como «Síndrome de tragarte tus palabras (además de tus principios) con tal de no sucumbir en la cuneta». Aunque, en mi caso, y haciendo honor a mi ciudad de destino, tal vez sea mejor resumirlo como «Síndrome de Frankfurt».

Mi síndrome de Frankfurt se manifestó de bruces con Loca de los Gatos Número 2. (A pesar de que Budista Rencoroso podría haber sido catalogado como un loco de los gatos, me pareció más memorable todo lo demás, por no hablar de que la pobre Navidad era lo más normal de aquel piso).

Loca de los Gatos Número 2 me recibió con una camiseta larga bajo la que se vislumbraba su ropa interior. No estoy en contra de que los caseros habiten sus casas como les plazca. Pero, francamente, si alguna vez recibo visitas, no suelo abrirles la puerta en camiseta y bragas. Procuré catalogar el detalle como un inconveniente menor (minúsculo a esas alturas de desesperación) y me adentré en el cuarto que se había atrevido a anunciar como casa.

—¿Y esto es todo? —pregunté al ver que la estancia no superaba los treinta metros cuadrados.

—No, bueno. También está el baño. —Loca de los Gatos Número 2 empujó una puertecita tras la que atisbé un retrete pegado a una lavadora y una caja de arena.

De inmediato, busqué al gato. Me pareció increíble no haberlo encontrado aún en tan poco espacio. Supongo que estaba más sorprendida por la situación.

—Perdona, pero... ¿dónde se supone que voy a dormir yo?

—Pues, ahí, en el sofá cama —aclaró ella con el mismo tono que empleaba mi profesora cada vez que yo le preguntaba una tontería.

Al parecer, aquella mujer veía lo más normal del mundo alquilarme su salón. Y, cuando creí estar cayendo por la madriguera de Alicia, localicé al gato. Dormía plácidamente sobre uno de los cojines que estaban destinados a ser mi almohada.

Ahí es cuando fui consciente de que debía impedir que el virus del síndrome de Frankfurt acabara por aniquilarme. Puede que Loca de los Gatos Número 2 viera ideal el reparto de vivienda de la era soviética, pero yo no iba a permitir que mi cama estuviera a la vista de cualquier visita, y mucho menos mi ropa interior.

Saqué mi móvil y fingí que lo consultaba; un recurso infalible para las maniobras de evasión.

—Huy, lo siento —me disculpé—. Tengo que irme.

—¿Tan pronto? —preguntó ella, sorprendida ante mi escasez de explicaciones—. Aún no has visto el balcón.

—No te preocupes. Seguro que las vistas son sorprendentes. De veras, tengo que marcharme.

Huí bajando los escalones de dos en dos y maldiciéndome por haber dado el paseo en balde. Había malgastado toda una tarde en llegar hasta aquel lugar apartado del centro y seguía sin resultados.

Estaba más que claro: a esas alturas de año, la página de anuncios era un catálogo de pirados. Solo quedaban los pisos de los dementes, los deprimidos o ambas cosas a la vez. Me sentía como en el patio del colegio cada vez que se repartían los equipos para jugar. Yo siempre me quedaba la última, sobre todo cuando había una pelota de por medio.

Me dije que tal vez debiera considerar una estrategia diferente. Hacer frente al síndrome de Frankfurt conservando la dignidad. Puede que la competencia se redujera considerablemente. Y entonces pensé en la opción de trabajar como *au pair*. Significaba ganar un dinero extra además del alojamiento. A una de mis vecinas no le había ido mal hacía dos veranos, y yo necesitaba con urgencia un lugar cálido en el que cobijarme durante el invierno.

Como ya estábamos a sábado, me vi a mí misma buscando anuncios de niñeras sentada en una cafetería. Tras descartar un par de ofertas de bebés (estoy loca, pero no llego a tanto), encontré un anuncio muy escueto que reclamaba a alguien para cuidar a una única niña de doce años. Así que llamé.

Cuando caminaba hacia las señas que me habían dado por teléfono, procuré no emocionarme demasiado. Es lo que sucede cuando tus esperanzas no hacen más que frustrarse: que, a pesar de la euforia, te mueves con el freno de mano puesto. Sucede lo mismo con las relaciones: por mucho que el cerebro trate de enfriarse, el corazón se acelera de esperanza.

Desde mi sillita en el vestíbulo, oteé las paredes cubiertas de antigüedades mientras aguardaba mi turno. Cerré los ojos y procuré controlar la respiración. A esas alturas, mi corazón daba tumbos como en un rodeo, pues presagiaba la suerte palpitando en las sienes. El barrio, el apartamento eran simplemente... perfectos. El trabajo no tenía pinta de ser muy duro, aunque sí metódico y responsable. De hecho esa fue la palabra que más oí decir al señor Sesemann durante los diez minutos que duró la entrevista: «Responsable». «Gran responsabilidad». «Sumamente responsable».

Mientras él hablaba agitando sus brazos de arquitecto mandamás, yo me preguntaba qué estilo de vida obligaba a aquel hombre a dejar a su única hija enferma en manos de una extraña. No había pasado conmigo más de cinco minutos y ya estaba dispuesto a pasarme la patata caliente en cuanto yo accediera a sus elegantes condiciones:

—Cuatrocientos euros a la semana con alojamiento y comida incluidos. La limpieza corre de mi bolsillo así como el gasto de tu transporte y el de Clara. Siempre hay dinero en la despensa para emergencias. ¿Crees que será suficiente?

Procuré no abrir los ojos más de la cuenta. Aparte de las clases de chelo del profesor Mölck, mi estancia en Frankfurt no pretendía ser muy estrafalaria. Aunque, con aquel sueldo, sin duda podría subvencionarme más de una juerga.

—Sí, por supuesto —carraspeé—. No está mal para empezar.

Era bueno dejar una puerta abierta para el ascenso. Que no se me notara muy entusiasmada. Por si acaso el señor Sesemann se daba cuenta de que aquel trabajo estaba tan incomprensiblemente bien pagado que su pregunta incitaba a la carcajada.

—Entonces, por mí de acuerdo —asintió él—. Solo hace falta saber qué opina Clara.

Clara Sesemann pestañeó. Había permanecido callada durante toda la entrevista escaneándome de arriba abajo. A pesar de que había tenido tiempo de sobra para reparar en cualquiera de mis imperfecciones (en la vida real no hay filtros de Instagram), se quedó mirándome un par de segundos más, lo suficiente como para meditar su intervención.

—¿Sabes tocar canciones de los Beatles? —espetó.

Me sorprendió aquella pregunta. Jamás habría pensado que en la escala de preferencias de aquella niña, aparentemente perfecta, hubiera hueco para una petición tan sobada. Aunque tal vez era lo más moderno que habría escuchado en su vida.

—Por supuesto —respondí—. Podemos tocar lo que tú quieras, desde Mozart hasta los Rolling.

—¿Y también los Beatles?

—Sí, los Beatles también. Pero si quieres puedo enseñarte cosas más de nuestro tiempo. ¿Te gusta Lady Gaga?

Clara levantó una ceja y miró de inmediato a su padre. El señor Sesemann nos observó desconcertado. Era evidente que mi propuesta le sonaba a música tribal.

—No importa —zanjé sin opción a réplica—. Ya nos iremos entendiendo.

Por fin, Clara ejecutó algo que podía interpretarse como una sonrisa. Miró a su padre y asintió con un leve movimiento de cabeza. Estaba contratada. Fraülein Rottenmeier desembarcaba en Frankfurt dispuesta a comerse el mundo. Y a mí me asaltó un escalofrío tan extraño que por poco me detiene el pulso. Una desazón inesperada que no supe cómo interpretar.

Capítulo 2

De: Anne Rottenmeier
Para: Emily Rottenmeier
Asunto: Re: ¿¿¿Que te has hecho *au pair*???

Hola, Emily:

Sí, Charlotte tiene razón. Estoy en casa de una niña rica que no sabe quién es Taylor Swift. Pero ya sabes que, como decía la abuela, a mí no se me oscurece nada. Me he propuesto demostrarle que hay vida más allá del *Let it be*.

El primer día con ella ha sido bastante agradable. Hemos hecho unas escalas y luego se ha enchufado a la diálisis. Antes no tenía más remedio que trasladarse tres veces por semana al hospital, pero, como el padre está forrado, ha conseguido el cacharro para que Clara reciba el tratamiento en casa. Así que mi misión es que su rutina diaria se altere lo menos posible.

Sin duda esta ha sido la mejor opción, te lo aseguro.

Vi un piso que era como mudarse a un microapartamento de Japón. Me veía tendiendo la ropa encima del lavabo. Un asco. Y, del resto, no te voy ni a contar. Por eso te digo que esto es un palacio comparado con todo lo anterior.

Por cierto, dile a Charlotte que no sea tan chismosa. Quería contarte todo yo y no me ha dado lugar. Estaba esperando a quedarme sola y llamarte por teléfono (¡si es que lo coges!). Tranquila, no te sientas culpable por tener un hijo y poco tiempo para lo demás (por mucho que lo demás sea tu hermana pequeña al borde de la terapia). No, no es reproche. Lo digo en serio: da un beso a mi sobrino y dile que su tía favorita lo adora.

Besos,

Anne

Sabía que la vida atareada de mi hermana era una buena excusa para no haber llamado en todos esos días. Pero es que me resistía a hacerlo sin tener una residencia fija. Es el maldito orgullo, que te obliga a remolonear en las comunicaciones familiares por esa necesidad de presentar a tus seres queridos un mundo en bandeja de plata. No quería explicar a mi hermana mayor las penalidades de mi existencia.

Con Charlotte es otra cosa. Nuestra relación es más íntima (supongo que por la escasa diferencia de edad) y me sentía libre de desahogar mis penas.

De todas maneras, no comprendía cómo podía tener unas hermanas tan alarmistas. ¿Mi buena suerte era tan difícil de creer?

Parecía que sí. Me había trasladado aquella misma mañana a la residencia de los Sesemann y mi habitación era tan amplia como el Estadio Olímpico de Berlín. De hecho, cuando Tinette, la empleada doméstica, abrió la puerta del cuarto, me mantuve alerta. Dejé la bolsa encima de la cama y esperé un rato antes de deshacerla. Temía que en cualquier momento Tinette regresara para decirme que había habido un error y que aquel no era mi cuarto. Así que merodeé un rato por la estancia en busca de imperfecciones.

La decoración era espartana pero nada rancia. El sol se colaba por la ventana y cubría los muebles de un ocre inusual. Pasé un dedo por la superficie de la cómoda. Ni rastro de polvo. Impoluto. Supe que tras un par de retoques el cuarto quedaría muy acogedor.

Con la ropa ya colocada en el armario y tras cotillear un poco las estancias desde el pasillo, me dirigí al salón principal. Allí encontré a Clara con la espalda completamente recta a la espera del almuerzo. Al verme asomar la cabeza por la puerta, sonrió con su dentadura cuadriculada y me invitó a sentarme.

Tinette nos sirvió la comida. Yo tuve miedo en cuatro ocasiones de manchar el mantel. Mi pupila, sin embargo, parecía moverse al compás de una coreografía. Levantaba el vaso y pinchaba el tenedor como si siguiera un diapasón. Mientras la observaba pensé en el estrés que me iba a suponer sentarme a aquella mesa tres veces al día, donde, a buen seguro, mis modales desentonarían frente al menú.

Si Clara percibió mis gestos bruscos sobre la mesa, lo disimuló muy bien. Cuando terminamos, las dos acudimos a la sala del piano, donde se comportó como una alumna obediente. Su nivel era muy bueno para su edad. De hecho, completó sus escalas de manera impecable. No hubo ni una protesta.

Eché de menos un poco de hartazgo por su parte. Algún gesto que me confirmara que estaba ante una niña y no frente a un cíborg de aspecto adorable. El aparato de diálisis que nos aguardaba en el cuarto de al lado no ayudaba mucho. Con tanto cable y tanta tecla presagiaba que Clara no pertenecía al mundo de seres que sienten y padecen.

—¿Te duele? —pregunté al ver cómo ella misma introducía la aguja en la fístula de su brazo.

Mi alumna negó con la cabeza y se recostó en la butaca.

—Ya estoy acostumbrada.

Clara debía de llevar bastante tiempo siguiendo su tratamiento. Y, por primera vez desde que la conocía, reparé en su problema de salud. Me sentí un poco culpable. Hasta entonces solo me había preocupado de mi propio bienestar, sin interesarme lo más mínimo por el suyo.

El señor Sesemann no me había explicado mucho acerca de la evolución de la enfermedad y de repente quise saber un poco más.

—¿Desde cuándo estás en... tratamiento? —Una nunca sabe cómo mencionar estas cosas y termina haciéndolo de la peor manera.

—Casi cuatro años —respondió ella inmediatamente.

Clara no había vacilado en la respuesta. Era evidente que llevaba muy al día el avance del calendario.

—Comencé con los problemas de riñón cuando acababa de cumplir los ocho —continuó— y, seis meses después, los dos dejaron de funcionarme.

—¿Y llevas así desde entonces?

—Bueno..., antes fue peor. Me encontraba tan mal que los médicos no vieron otra que derivarme a la diálisis. Gracias a este aparato soy un poco más independiente que antes.

Me acordé de mi tío abuelo Georg, un pariente de mi madre. Cuando yo era pequeña, le falló el riñón y tuvo que pasar por diálisis antes de que le hicieran un trasplante. Ignoraba si Clara estaría en la misma situación.

—En el mismo momento en el que te sometes a diálisis entras en la lista de espera —me explicó ella—. Pero recibir un órgano es como una lotería. Depende de tantos factores...

Llevo esperando estos cuatro años uno que sea compatible. No es fácil. Espero tener suerte.
 Me sorprendía que Clara hablase de esa manera tan redicha. Parecía que se hubiera aprendido todas esas frases técnicas de memoria. Supuse que sería por culpa de estar rodeada de médicos a todas horas. Era evidente que comprendía muy bien cada uno de los significados.
 Observé el robotito de la diálisis, casi tan alto como ella. Si no fuera porque en realidad le estaba chupando la sangre, habría pasado por un androide de protocolo consagrado a su protección. Aquel lugar tan sobrio empezaba a ponerme de los nervios. El cuarto solo albergaba la butaca, el aparato y un cuadro amarillento con una antepasada de Clara. Nada más para distraerse. Ningún objeto para desviar la atención.
 —Si quieres, la próxima vez llevamos al vampiro al salón y vemos una peli mientras hace su trabajo —sugerí.
 Clara me miró sorprendida.
 —Nunca veo películas.
 —¿Ah, no? —pregunté—. ¿Y qué haces por las tardes?
 —Deberes.
 —¿Y cuando acabas los deberes?
 —No sé. Otras cosas.
 —¿Como qué?
 —Pues… Leer.
 —Menuda fiesta.
 Me parecía increíble que, durante las tres horas que el androide tardaba en limpiar la sangre de Clara, ella tuviera prohibido entretenerse.
 Que quede claro que adoro los libros. He pasado grandes momentos con algunos títulos. Pero algo me decía que las lecturas de Clara serían tan anticuadas como su música.

Se me ocurrían otras mil opciones divertidas para mandar a la porra los deberes; desde un maratón de series hasta una partida a la consola. Era inaudito que su padre no le permitiera hacer ninguna de esas cosas. Pero, sin duda, lo más increíble era que Clara se conformara. Que no opusiera resistencia.

No me hicieron falta muchos días en aquel apartamento para saber que el señor Sesemann apenas aparecía por él. Se levantaba muy temprano, antes que nadie, y regresaba cuando su hija llevaba horas metida en la cama. Su vida era una incógnita. La única prueba de su existencia eran las camisas sucias en el lavadero y el olor a pipa que se escapaba por debajo de la puerta cuando me levantaba a hacer pis a medianoche. Era como vivir con un ser de las tinieblas, escondido en su ataúd.

Con ese panorama, Clara Sesemann también se convirtió en un enigma para mí. Parecía tan habituada a la ausencia de su padre que no daba la impresión de que eso le afectara lo más mínimo. Su núcleo familiar estaba formado por Tinette, el chófer que se encargaba de llevarla al instituto y yo. Me pregunté si se relacionaría bien con sus compañeros de clase. Si solo disponía de libros para entretenerse, tal vez su conversación no fuera muy variopinta: tendría un ochenta por ciento de posibilidades de ser el bicho raro de la clase. Sin duda, el tema de la diálisis subiría esa probabilidad al noventa y cinco por ciento (suelo reservar un cinco por ciento para imprevistos, porque la vida siempre sorprende), lo que nos acercaba peligrosamente al temido cien por cien.

En realidad, las reacciones de Clara no eran tan extrañas para tratarse de una niña de la alta burguesía de Frankfurt. Precisamente porque en Berlín me gané un buen dinero como profesora de piano, sé cómo manejarme con las excentricidades de los alumnos (más bien, con las de sus padres). Si algo he aprendido de este tipo de clientes es que los hijos no tienen la culpa de la fortuna de sus progenitores y que a veces hay salvación posible para ellos.

Pensé que debía pasar a la acción. Si la rebeldía de Clara aún estaba por florecer, ya era hora de darle un impulso. Sabía que había esperanza más allá de lo que su padre le permitía hacer.

—Bueno, basta ya —dije una tarde que irrumpí en su cuarto—. Vas a venir conmigo a hacer la compra.

—Pero ¿no se encarga de hacerlo Tinette? —me respondió ella—. Aún no he terminado las ecuaciones.

—Tinette tiene la tarde libre —dije mientras la levantaba de la silla—. Y deja de preocuparte por las ecuaciones. Sabes hacerlas, ¿no? Así que cállate y ponte el abrigo.

Clara se limitó a observarme mientras yo rebuscaba en su armario y sacaba el anorak más gordo que tenía. Me gustan las aventuras, pero tampoco estaba dispuesta a que mi alumna se enfriase. Las palabras de su padre aún resonaban en mi cabeza: «Responsable». «Gran responsabilidad». «Sumamente responsable». Le pondría a Clara tres capas de ropa antes de permitir que estornudara. Tiré de ella a lo largo del pasillo hasta desembocar en la cocina. Cuando llegamos, los ojos de Clara me miraron inmensos con su apariencia de astronauta.

—Estoy segura de que no has tomado nunca comida mexicana. ¿Me equivoco?

Clara negó con todo el cuerpo, pues con tanta ropa casi no podía girar la cabeza.

—Perfecto —afirmé—. Pues has de saber que México es el primer país de nuestra ruta gastronómica. Próxima parada: ¡Tijuanaaaa!

No me atrevía a llevar a Clara de juerga, pero eso no significaba que la juerga no pudiera trasladarse a casa. Tenía mono de mexicano y aquella era la solución perfecta; complacería mi apetito a la vez que hacía una buena obra. Así que fui a la despensa y cogí del tarro de gastos extra los euros que necesitaba para mi plan. Ni uno más ni uno menos.

Empujé a mi alumna fuera de casa y las dos bajamos al supermercado. Por fortuna, el establecimiento solo distaba dos calles. Compramos todo lo necesario para una buena cena mexicana; tacos, quesadillas, nachos... Un verdadero festín como traído del otro lado del Atlántico. Cuando regresamos al apartamento, organicé el banquete y le adjudiqué a Clara la tarea de abrir el bote de guacamole y servirlo en uno de los boles de porcelana.

—No pongas esa cara —le espeté al cabo de un rato—. Está delicioso. Pruébalo.

Clara arrugó la nariz y olisqueó el nacho cargado de pasta verde que yo acababa de ponerle delante de la boca.

—Huele raro.

—Huele a guacamole. A selva y a océano. Hay vida más allá de las salchichas, ¿sabes?

Clara terminó por claudicar. Creo que más por el deber de obedecer que por el hecho de que mis argumentos la convencieran. Mordió el nacho y su paladar hizo el resto.

—¡Hum! ¡Está bueno!

—Te gusta, ¿eh? —Admiré mi gesta con una sonrisa de oreja a oreja—. Pues espera a probar todo lo demás.

Mientras yo daba los últimos retoques a la cena, Clara puso el mantel en la mesa de la tele. Cuando estuvimos instaladas, llevé mi portátil para ver una peli. Mi plan de mostrar a Clara un mundo de diversión empezaba a dar sus frutos. La dictadura del aburrimiento había acabado.

Además del guacamole, había preparado fajitas y un par de boles de salsa. Clara, sin embargo, no probó la de tomate.

—Está prohibida —me dijo—. No tomo plátanos ni salsa de tomate desde hace años.

—¿En serio? —pregunté—. Creo que yo no podría sobrevivir sin kétchup.

Y eché un buen chorro de mejunje sobre mi fajita.

Conecté el portátil mientras Clara limpiaba sus gafitas de latón. Cuando se aseguró de que los cristales estaban impolutos, las colocó ceremoniosamente sobre su nariz. Parecía una de esas abuelas de anticuario deseosas por ver algo de valor. Toda una anacronía.

Inicié la reproducción y esperé la reacción de Clara al ver el título en la pantalla. Ni se inmutó. Lejos de indignarme, me hizo gracia descubrir a alguien que no hubiera visto aún *The sound of music*.

Tras unos minutos, Clara apoyó la barbilla en la palma de la mano. Parecía muy interesada en los gorgoritos de fraülein María, que armada únicamente de su guitarra se enfrentaba a la caterva de niños salvajes de los que tenía que hacerse cargo.

—Hay fresas de postre —le dije mientras pausaba la peli—. ¿Quieres que te traiga?

—Te gusta comer, ¿verdad? —preguntó ella, dando por hecho la respuesta.

—¿Lo dices por mi peso?

—No. Qué va.

—Sí, lo dices por eso.

Clara apretó los labios. Creía haber metido la pata, así que me apresuré a sacarla de su error.

—Bah, no seas tonta —bromeé—. No me ofende. No soy delgada, ¿y qué? Mi complexión es grande y soy muy alta. Es de familia. No tendría sentido morirme de hambre por cambiar algo que nunca será de otro modo. ¿Has visto alguna vez el dibujo del rinoceronte en la cinta de correr?

—No.

—¿Sabes lo que es un rinoceronte?

—¿Te crees que soy tonta?

—No. Solo algo estirada.

Clara levantó una de sus cejas, sorprendida por mi calificativo. Tal vez era la primera vez que alguien se atrevía a decirle algo así.

—Es igual —zanjé—. En la ilustración que te digo aparece un rinoceronte machacándose sobre la cinta de correr. Mientras suda la gota gorda, admira el póster de un unicornio que hay en la pared. Anhela ser como él. ¿Entiendes lo absurdo que es?

—Perfectamente.

—¿Ah, sí?

—Sí. A mí me pasa lo mismo.

Me quedé sorprendida por aquella respuesta. Resultaba que dentro de esa cabecita había más engranajes de los que yo suponía.

—No puedo hacer muchas cosas por culpa de los riñones —se explicó—. Otros chicos sí pueden. Pero yo no puedo permitírmelo. Nunca seré como el resto.

—Bueno, al menos puedes amoldar las cosas a tus necesidades.

—No sería lo mismo. Si no puedo tomar salsa de tomate, pues no la pruebo y ya está.

Me sorprendió aquella perspicacia. Aquella niña rica hacía honor a su nombre: Clara, la clarividente. No hablaba en absoluto como alguien de doce años, sino como una persona mayor, de esas que a veces sí son responsables. Observé a Julie Andrews en la pantalla y pensé que, si hubiera contado con Clara Sesemann en la familia Von Trapp, tal vez no le hubiera costado tanto ganarse el cariño de aquellos niños. Era un activo valioso. Y reanudé la peli convencida de que mi pupila daría mucho de qué hablar.

Capítulo 3

De: Klaus Mölck
Para: Anne Rottenmeier
Asunto: Re: Clases de violonchelo

Señorita Rottenmeier:

Puede venir a la hora que prefiera. He reservado mañana por la mañana para ver su instrumento y hablar de lo que debe y no debe esperar de mis clases.

Por favor, indíqueme si le gusta el té. Si no es de su agrado, le aconsejo que traiga lo que más le apetezca. Yo no compro café. Ni galletas.

Al mismo tiempo, si no va a acudir a la cita, hágamelo saber con antelación. No espero dos veces a la misma persona.

Saludos,

Herr Mölck

Todo un encanto.

Ya me habían advertido de que el señor Mölck no se deshacía en elogios con nadie. Pero, por si me quedaba alguna duda, ahí tenía su *email*.

Había esperado unos cuantos días de adaptación en la casa Sesemann antes de escribir a mi posible futuro profesor de violonchelo. A pesar de que estaba ansiosa por comenzar las clases, prefería ser prudente y pasar al menos una semana con Clara a fin de calibrar sus necesidades. Pronto me hice con su rutina, que consistía en el mismo patrón aburrido todos los días: por las mañanas, Clara acudía puntual al instituto. Después, regresaba, practicábamos con el piano y ella se ponía a hacer los deberes. Solo se enchufaba a la diálisis tres días por semana, pero, visto lo responsable que era, no parecía que la vida en la residencia Sesemann tuviera mucha sorpresa. Me vi preparada para escribir al señor Mölck y avisarle de mi llegada.

Cuando llegué a mi cuarto tras la bacanal mexicana, descubrí el sobrecito del *email* del profesor Mölck avisándome en la pantalla del móvil. Era una respuesta al que yo le había enviado dos días atrás.

Tras leer su encantadora presentación, me pareció curioso que el profesor exigiera tal nivel de puntualidad. El período de tiempo desde su respuesta hasta la cita era muy corto. Si yo hubiera estado de marcha aquella noche por las calles de Frankfurt, habría tenido poca capacidad de reacción.

A pesar de ello, rebusqué en el fondo de mis tripas toda la buena intención que pude y confirmé el encuentro.

De: Anne Rottenmeier
Para: Klaus Mölck
Asunto: Re: Re: Clases de violonchelo

Estimado señor Mölck:

Si le parece bien, mi violonchelo y yo estaremos en su casa a las 9 a. m., muy puntuales.

Perfecto por el té. Yo, además, llevaré pastas.

Un saludo afectuoso,

Anne Rottenmeier

Sabía que no debía jugármela con un profesor que aún no había decidido aceptarme entre su selecta lista de alumnos, pero siempre me empeño en dejar mi impronta suicida allá por donde voy. Me pareció que un señor que escribía con una pose tan antipática debía toparse con una respuesta a la altura de su mala leche.

No pude evitar imaginarme al hipotético señor Mölck respondiendo mi *email* verdaderamente contrariado. Si empleaba ese tono con una estudiante, no quería ni imaginármelo con la compañía de seguros o con un operador de telefonía.

Ya en la cama, me pregunté cómo sería su aspecto. Pero, por muchas vueltas que le di, no conseguí componerme una imagen de él. Podía tratarse de un señor gordo, hinchado de salchichas y cerveza, que tocara el instrumento con fiereza. O también un profesor de aspecto enfermizo que solo se alimentara a base de té y vino con hierbas.

El telón no se levantaría hasta el día siguiente, pero en esas me entretuve hasta que conseguí dormirme.

Al día siguiente, me levanté con energía, dispuesta a resolver el enigma. A pesar de que la residencia Sesemann no quedaba muy lejos del centro, salí con tiempo suficiente. Debía cumplir las expectativas de puntualidad que mi respuesta habría generado.

Volví a recrear la imagen del hipotético señor Mölck, sentado en su hipotético escritorio mientras bebía una hipotética taza de té. En mi ensoñación encendía su posiblemente caro ordenador y leía mi respuesta. ¿Qué impresión habrían causado mis palabras en su cerebro? Puede que curiosidad o que, lo más probable, simple indiferencia. Imaginé su cara rechoncha o delgada (iba variando a cada segundo) mientras apretaba los labios. Después el profesor cerraba el ordenador y se dedicaba a hacer otra cosa, como si mi violonchelo y mis pastas no tuvieran ninguna importancia. Estaba justo pensando en esa posibilidad cuando pulsé el botón del portero automático.

Mi reloj marcaba exactamente las 8:59. Aguardé el timbrazo de apertura del portón, lista para empujar. Sin embargo, el sonido no llegó. Resoplé, impaciente. Cuando se tienen testigos que confirman tu presencia (y tu puntualidad), no hay motivo para la tensión, pero en ese momento, excepto por dos paseadores de perros que deambulaban por la calle, me hallaba sola y sin coartada delante del portal.

Sabía que no debía confiarme. Cualquier cosa podía salir mal de camino al segundo piso. Aún no las tenía todas conmigo. Así que pasados diez segundos volví a pulsar el botón marcado con «MÖLCK» en el portero automático. El resultado fue otro espacio de tiempo sin respuesta.

Empecé a preocuparme de veras. Tal vez el señor Mölck se había atragantado con una de sus salchichas aquella noche y no había leído mi *email*. Puede que no hubiera llegado a tiempo de marcar el número de urgencias para que le rescataran y aún siguiera de cuerpo presente sobre la alfombra de su salón. Imaginé su vivienda decrépita, vacía de vida, mientras mi timbre insistente llenaba de impaciencia el oxígeno que su cuerpo ya no era capaz de respirar. Me hallaba metida en aquel enjambre, cuando el altavoz del portero graznó. El ansiado timbre metálico me sacó de mis fantasías y me apremió, más aliviada que enfadada, a abrir la puerta.

Dejé caer mi peso sobre la gran hoja de madera y me las apañé para colar el violonchelo por la abertura. Hacía un frío de mil demonios y la espera frente al portal me había dejado como un cubito. Subí la escalera arrastrando mi pobre instrumento hasta que alcancé el segundo descansillo, donde la puerta del piso ya estaba abierta.

—¡Pase! —ordenó una voz desde el interior de la vivienda.

Consulté mi reloj mientras me limpiaba los pies en el felpudo. Las nueve y dos minutos. Esperaba que la espera ante el portal se contabilizara como tiempo válido. Vislumbré la alfombra que guiaba la ruta hasta el corazón de la enigmática residencia del profesor Mölck y dejé que fuera el destino quien me guiara.

El interior me devolvió un aroma a jengibre. Las paredes del pasillo estaban forradas con unas estanterías nórdicas muy acogedoras que me escoltaron hasta un salón con aire moderno. Aquel domicilio no encajaba en ninguna de las recreaciones con las que había fantaseado hasta entonces. El piso era tan normal que desentonaba con el *email* borde que había recibido la noche anterior. Lo mismo todo eran imaginaciones mías y el remitente era un encanto. ¿Lo habría escrito su mujer?

Busqué al profesor Mölck. Por fortuna, no estaba tendido e inconsciente sobre el suelo. En aquella alfombra impoluta no había nada, puede que ni siquiera ácaros. Así que me volví sobre mí misma y lo encontré subido a una escalera de pintor.

—Dije a las nueve en punto —sentenció el profesor mientras vaciaba una regadera sobre una planta.

Me sorprendió que el profesor Mölck fuera tan bajito. No pasaría del metro cincuenta (metro ochenta con escalera).

Al observarlo, me pregunté a mí misma si se trataría de un señor extremadamente bajo o por el contrario se trataba de un enano más alto de la media. Su estatura estaba justo al límite. Imposible adivinarlo.

A pesar de que había peldaños de sobra, el profesor parecía empeñado en regar una maceta sin subir más allá del tercer escalón. Me planteé que podía sufrir de vértigo. Algo muy curioso a la vista de su altura.

Teniendo en cuenta lo injustísima que había sido su presentación, no me sentí culpable por mis pensamientos. Aunque me alegré de que Mölck no pudiera mirar en el interior de mi cabeza. Él, sin embargo, bajó de la escalera y volvió a echarme en cara mi supuesta impuntualidad.

—Perdone, profesor —rebatí—. Llegué al portal con tiempo suficiente. Lo que ocurre es que ha tardado bastante en abrirme. Y ese ascensor… He tenido que subir el violonchelo por la escalera.

El profesor Mölck ni se inmutó. Plegó las dos hojas de la escalera en una y fue a guardarla detrás de la puerta.

—Estaba en la puerta a las nueve menos un minuto —respondió al cabo de un rato—. Le dije a las nueve. Las nueve en punto. No le he abierto hasta esa hora.

Con que esas teníamos… Un profesor que iba de listillo. Supe que no debía dejarme doblegar por sus rutinas exquisitas. Opté por desviar la atención y sacar la caja de pastas de mi mochila. Un ofrecimiento de paz.

—Bueno, yo… le he traído esto. —Empujé la caja al frente como si fuera un escudo impenetrable.

—Cómaselas luego —respondió él sin reparar en los dulces—. Ahora quiero ver su violonchelo.

El profesor acababa de sentarse en un taburete delante de mí y aguardaba con las rodillas muy juntas. Aquel silencio repleto de ceremonia me hizo sentir incómoda. Mölck me miraba fijamente, así que me apresuré a cumplir con lo que me ordenaba.

Noté que el tiempo se dilataba mientras sacaba el instrumento de la funda. Daba la sensación de que para ese hombre cualquier cosa que no fuera tocar sería una gran pérdida de tiempo. Alcé el violonchelo y se lo ofrecí para que lo cogiera. Él lo miró con extrañeza.

—¿De dónde ha sacado este instrumento?

Miraba mi violonchelo como si tuviera la peste y he de decir que me dolió en el alma. Hasta entonces me había sentido muy orgullosa de él. Tenía el barniz bastante descolorido, pero no me importaba. Mi padre lo había pagado a plazos en una de las mejores tiendas de Berlín (dentro de la gama que podíamos permitirnos), y no estaba dispuesta a que nadie se riera de él.

Apreté los dientes, elevé la barbilla y ofrecí de nuevo el instrumento. Él no exigió una respuesta. Agarró el mástil con firmeza y colocó a Descolorido entre sus piernas cortitas. Desplegó la pica, la apoyó en el suelo y comenzó a pellizcar las cuerdas con una oreja pegada a la caja de resonancia.

—Está desafinado —sentenció tras otro espacio de tiempo eterno para mí.

—¿Usted cree? —pregunté.

Craso error. El profesor Mölck levantó la mirada y taladró mi cerebro.

—Quiero dejar una cosa clara, señorita —dijo devolviéndome el violonchelo—. Yo no bromeo nunca. Jamás. Y menos con mis clases. Si creo que una cuerda está desafinada, usted se calla, acata y apañados.

—Perdone mi atrevimiento —me disculpé—. Solo es que me pareció oír que todo sonaba correctamente.

—Ya —asintió—. Por eso yo me siento aquí y usted ahí delante.

Observé su rostro pequeñito. Me pregunté qué clase de trauma infantil habría detrás de tanta mala baba, pero me sentía tan contrariada que preferí no evocar nada más. Sin duda, las alabanzas que había escuchado sobre aquel profesor eran una farsa. Nadie incluyó su mala leche en la lista de ventajas que oí en el conservatorio.

—Si quiere entrar en la academia Kronberg, debe tener muy claros sus objetivos —me espetó sin pestañear—. Yo no estoy aquí para perder el tiempo. Y supongo que usted tampoco. Ahora lo único que quiero es que se calle y toque.

Después de aquella entrada triunfal, lo mejor que aquel profesor amargado podía hacer para rematarme era obligarme a tocar. Estaba claro que en mi estado de histeria no iba a sacar más que un churro. Tras un par de segundos de vacilación decidí que aquel hombrecillo sabelotodo no iba a conseguir que me amedrentara. Coloqué el violonchelo en posición de ataque y posé el arco sobre él.

A mi cabeza acudió lo evidente: la *Suite n.º 1* de Bach. Puestos a desvariar, mejor hacerlo con clase. Realicé una interpretación muy sui géneris de la pieza, haciendo verdadero énfasis con mis cejas.

Después enlacé con lo que yo consideraba una de las mejores partituras de violonchelo escrita por un ser humano: la banda sonora de *Juego de tronos*. Ignoraba si la música le sonaba de algo, dada su estatura, pero decidí hacer la prueba. Era mi venganza por tanta humillación.

Si el profesor Mölck se dio por ofendido, no lo demostró. Su cara era imperturbable. Atendió a cada uno de mis movimientos sin desviar un milisegundo su atención. Jamás me he sentido más observada en mi vida. Ni siquiera cuando

Clara Sesemann me había escaneado durante la entrevista de trabajo, una semana atrás.

—Suficiente —dijo él, cortando mi interpretación—. Hemos terminado.

Ni siquiera había esperado a que acabara. Mölck se levantó de la silla, me dio la espalda y fue a entretenerse con otra de las macetas de la estantería.

Me apresuré a recoger todos mis trastos, la caja de pastas incluida. En la pequeña intimidad que me brindaba la retirada, me visualicé a mí misma guardando el violonchelo como si fuera una espectadora de mi propia vida. De repente, me invadió una pena terrible. Sentí a mi pobre Descolorido como un hijo feo al que se esconde de las miradas de mofa del resto de las madres. Y a mí misma como una expatriada.

Estaba claro que debía enfrentarme a un cambio de planes. Acababa de terminar mi odisea con la búsqueda de piso y me veía de nuevo inmersa en otra mayor. El exquisito profesor Mölck había querido reírse de mí en mis narices y seguro que mi soberbia no le había pasado desapercibida. Tendría que dedicarme desde aquella misma tarde a buscar a alguien que me diera clases.

Me levanté del sofá y arrastré la mochila, a Descolorido y mi impotencia lejos de aquel salón. Cuando ya estaba a punto de marcharme con un portazo de venganza, oí la voz del profesor Mölck desde el salón.

—Vuelva mañana. ¡A las nueve!

Su voz llegó justo a tiempo. Cinco centímetros más tarde y el portazo habría imposibilitado el acuerdo. Detuve la puerta casi al filo y confirmé la cita con un hilo de voz. Es curioso cómo los destinos cambian. Pero lo hacen. A veces con muy poco margen de distancia.

Salí a la calle y respiré el aire fresco que me brindaba la ciudad. A pesar de la angustia vivida la última media hora, me sentía feliz. Mi profesor del conservatorio me había asegurado que muy pocos aspirantes conseguían visitar la vivienda de Klaus Mölck por segunda vez. Sin duda, aquello era un triunfo. Por muy torturador que fuera después con sus clases, la posibilidad de recibirlas me pareció la noticia del año.

Me senté en la terraza de una cafetería para celebrarlo. Aún hacía frío, pero el sol se había animado a salir y a celebrar mi éxito. Ya había cobrado mi primer sueldo como profesora-cuidadora y podía permitirme un buen desayuno. Mi vida empezaba, por fin, a despegar. Ideé el hipotético *email* que escribiría a Charlotte relatándole las últimas novedades. Seguro que se sorprendería por todo lo que había pasado aquella mañana.

Me recosté en busca de los rayos calentitos mientras reflexionaba sobre el profesor Mölck. ¿A qué se debería su actitud de indiferencia? Imposible saberlo. Tal vez toda aquella fachada imperturbable no fuera más que una coraza. Era evidente que su cuadro psicológico era como una enredadera. Seguro que le habían pegado demasiado en el colegio.

En esas estaba cuando un torso se plantó a mi lado y me ofreció la carta del establecimiento. Al percibirlo, levanté la vista. El camarero no era muy alto, puede que incluso fuera más bajo que yo. Aunque todo lo que le faltaba en centímetros lo compensaba con su encanto. Me incorporé rápidamente. No estaba preparada para esos sobresaltos.

—Si vas a querer café, dímelo ya, porque tenemos dentro al encargado de mantenimiento —dijo el camarero—. Va a revisar la cafetera y puede que tarde un rato.

Asentí mientras me concentraba en su mirada de ratón. Sus ojos eran marrones, demasiado juntos para no pertenecer a un niño. Habrían quedado ideales con unos bigotitos dibujados con lápiz negro. Habría apostado que se los habían pintado alguna vez de pequeño. Su fisonomía reclamaba ese disfraz.

Pensé todo eso en menos de dos segundos, aunque, claro está, no dije nada. Solo me limité a sonreír al camarero comportándome como una buena clienta.

—Un *milchkaffe*, por favor —pestañeé rápidamente—. El resto lo voy pensando. No tengo prisa.

—Genial.

Chicocafé y sus ojos ratoniles desaparecieron por la puerta del local. Se veía que era eficiente. Se movía con rapidez.

Aún me dio tiempo a observar su mandilito atado a la cintura. Me gustan los cafés en los que el único uniforme es solo un mandil. Por la lazada se puede saber mucho de la personalidad de sus camareros. Por ejemplo, si el mandil está atado con un nudo, deja constancia de una, más que probable, dejadez. En cambio, si nos topamos con una lazada currada y perfecta, no hay por qué esforzarse: lo más probable es que el camarero sea gay. Chicocafé lucía un mandil atado con firmeza en el que apenas se apreciaba la lazada. Los extremos estaban remetidos en la cinturilla (señal de una mente práctica), aunque asomaban peligrosamente a punto de desatarse: prueba irrefutable de que llevaba horas trabajando.

Me gustó la idea de que Chicocafé fuera un trabajador incansable que regentara el negocio con el mismo buen humor que al inicio de su jornada, y procuré hacerme la despistada cuando reapareció con una taza en la que había dibujado un corazón con crema.

—Oh, vaya… —Sonreí al verlo.

Creo que me puse un poco roja. Aunque confié en que Chicocafé estuviera tan ocupado con el resto de las mesas que ni se diera cuenta. Regresó al cabo de un rato y yo pronuncié de corrido el desayuno más ligero que hallé en la carta. Era cierto que había ido hacia allí en busca de carbohidratos, pero no todos los días te topas con un bombón de camarero aún más suculento que lo que te ofrece para desayunar.

—Vaya…, el menú vegetariano —observó él—. A lo mejor habrías preferido leche de soja en el *milchkaffe*.

Señaló la taza con el corazón, que ya estaba un poco deforme tras dos tragos de espera y taquicardia.

—No te preocupes, no importa —respondí encantadora—. La verdad es que no soy vegetariana, solo es que prefiero cuidarme. Quería desayunar sano.

—Pues entonces no te comas esas pastas —dijo apuntando con el boli la caja de latón que había sobrevivido al profesor Mölck—. Están buenísimas, pero van hasta arriba de mantequilla.

Pensé que Chicocafé empezaba a jugársela si comenzaba a señalar todo lo que yo podría o no comer. Para ligar está bien hacerse la nutritiva, pero otra cosa es la vida diaria, en la que no admito que me cuenten las calorías. Debí de poner una cara un poco rara, porque Chicocafé se dio la vuelta y corrió a esconderse en la caverna de la que entraba y salía.

Me dije que era una completa idiota por haber pedido el menú de la fruta, cuando lo que de veras necesitaba era un cruasán con mermelada. Qué estupidez. Si Chicocafé se transformaba por el azar del destino en una conquista en firme, pronto se enteraría de mis apetencias gastronómicas. Para qué ocultarlo. Se daría cuenta la primera vez que fuéramos juntos a cenar.

Tras unos minutos de espera en los que de veras dudé si habría huido, Chicocafé apareció con una bandeja en la que transportaba mi comanda. Colocó la macedonia y el zumo junto a los restos del café y, en contra de todo pronóstico, añadió al menú un *muffin* de frutos silvestres. Mis jugos gástricos bulleron de la emoción.

—Si te preguntan, esto no es cosa mía. —Chicocafé me guiñó un ojo—. Aunque me torturen, lo negaré hasta la muerte.

—¿También negarás lo del dibujo en el *milchkaffe*? Nada más notar la pregunta salir de mi boca me arrepentí de haberla pronunciado. Mi corazón, el de verdad, se puso a palpitar de veras. Aunque levanté la cabeza, dispuesta a afrontar mi confesión.

—Lo del café es cosa de Klaus. —Señaló hacia el ventanal de la cocina—. No para de hacer corazones cada vez que ve sentarse a alguien que considera interesante. Es un hortera.

A pesar de que su explicación estaba plagada de detalles que podrían haberme hecho huir en retirada, decidí ignorar cualquier señal que me estropeara una buena historia. Tal y como hacen los periodistas rosas.

—Hum… Me gusta ese Klaus —respondí—. ¿Puedo conocerlo?

—No te esfuerces. Es gay —zanjó él—. Está empeñado en emparejarme para que no vuelva a Suiza. Yo creo que se conformaría con tal de no verme marchar.

Aquel exceso de explicaciones me pareció un mal augurio para nuestro posible idilio. Cuando uno quiere preservar la magia, no se expresa con tal cantidad de detalles. De repente, las señales se habían transformado en semáforos en rojo. Solo una idiota se habría atrevido a continuar. A pesar de ello, decidí seguir hacia delante, como una daltónica suicida.

—Entonces, eres suizo…

—Sí —respondió—. Estudio un máster de ingeniería. Horario nocturno. No todos los suizos somos hijos de banqueros.

Y se encogió de hombros. Yo apoyé los codos sobre la mesa y tragué saliva. Sin duda, mi vida en Frankfurt despegaba a todo motor. Me dije que tendría que cambiar algunos párrafos del *email* que había redactado en mi cabeza para Charlotte.

Chicocafé se retiró para encargarse de otras mesas y yo saboreé mi macedonia, encantada con el paisaje. Jamás una fruta me ha sabido tan deliciosa, tanto que casi pierdo la noción del tiempo. Ya casi era mediodía cuando pedí la cuenta, la pagué y me aseguré de dejar una buena propina. Por las molestias.

Chicocafé se despidió de mí remetiéndose la lazada del mandil, que ya amenazaba con caerse.

—¿Estudias cerca? —dijo señalando la funda de Descolorido—. Espero verte más veces por aquí. Tengo que dar salida a la fruta. No la pide casi nadie...

Quién iba a decirlo. Resultaba que iba de ocurrente. Hasta era probable que yo le hubiese gustado.

—Sí. Voy a empezar mis clases ahí al lado.

—Bueno, pues... ya nos veremos.

Precisamente porque soy una cabezota, sonreí y me alejé dejando en suspenso nuestro próximo encuentro. Ignoraba si llegaría a producirse, pero no me quería negar a mí misma la oportunidad de imaginarlo una y otra vez. Chicocafé era el material perfecto para recrear historias que me divertirían en la soledad de mi cabeza. Tal había sido su poder que me acompañó durante todo el trayecto de regreso a casa.

Ya en la esquina de la calle, y haciendo un homenaje a nuestra futura boda, me detuve en la floristería y compré unas margaritas para Clara. Estaba convencida de que le gustarían. Mi plan de despertar sus instintos al mundo exterior también pasaba por alegrar el cuartucho de la diálisis. Su antepasada también me lo agradecería. Seguro que se aburría muchísimo dentro de aquel cuadro.

Introduje la llave en la cerradura de la casa y empujé la puerta. Pero antes de que pudiera secarme los pies en el felpudo, vislumbré la silueta acelerada de Tinette, que oscilaba de un lado a otro de la cocina.

—¿Qué sucede? —pregunté.

Tinette descubrió mi presencia en la entrada y se aproximó a mí. Supe que algo ocurría. No porque su cara estuviera teñida por la preocupación, que lo estaba, sino porque se acercó tanto que sentí el impulso de apartarme.

—Clara ha sufrido un percance.

—¿Cómo dices? —Había oído a Tinette perfectamente. Pero necesitaba que me ampliara un poco más la información.

—Han llamado del instituto. Se ha puesto enferma y han pedido una ambulancia. El señor Sesemann va camino del hospital.

—De acuerdo. —Solté el violonchelo y le puse la mano en el hombro—. Tranquilicémonos, ¿vale? Puede que solo se encontrara mal y no sea grave. ¿Sabemos algo más concreto?

Tinette no desvió la mirada. Parecía empeñada en asegurarse de que yo no me iba por las ramas.

—El señor Sesemann no dejaría jamás su trabajo si no fuera un asunto de vida o muerte.

Por Dios. Qué gravedad de mujer. Había conseguido exactamente lo que pretendía: asustarme de veras. Carraspeé buscando algo adecuado que decir, pero a mi paladar no acudió nada. Tan solo un gemido con ansias de si bemol que solo se quedó en fa sostenido.

Si Clara se ponía mala de repente, mi papel en aquella casa se vería seriamente comprometido. No quiero decir que me importara un rábano su supervivencia, no, por favor, sino que si mi alumna estaba realmente enferma, mi lugar como cuidadora debía estar junto a ella en el hospital. Y no plantada en mitad del descansillo con un ramo de margaritas marchitándose en mi mano.

Eché un vistazo a las flores y pensé que mi compra parecía premonitoria. Las apreté con convicción y me volteé la bufanda al cuello.

—¿Sabes en qué hospital está? —pregunté al más puro estilo superhéroe.

Tinette me explicó cómo llegar al centro hospitalario con todo lujo de detalles. Basándonos en su testimonio, lo más adecuado en aquel caso habría sido coger un taxi. Pero no estaba dispuesta a que sus exageraciones me costaran una buena parte del sueldo semanal (ya me había dejado un dineral en el desayuno). Así que corrí hasta la parada de autobús confiando en que no hubiera mucho tráfico.

A veces soy tan ingenua que me creo mis propias ilusiones. Nadie en su sano juicio habría optado por un trayecto terrestre en plena hora punta. Para eso está el metro. Sin embargo, la nube en la que me encontraba tras haberme encontrado con Chicocafé me había anestesiado el cerebro.

Mientras el autobús sorteaba los cruces y los peatones, descubrí un montón de llamadas perdidas en mi móvil. Me sentí una completa idiota. Había silenciado el teléfono antes de llegar al portal del profesor Mölck y no me había acordado de ponerle sonido hasta entonces. A esas alturas, a punto de llegar al hospital, parecía una absurdez devolver las llamadas. Así que preferí aguardar al modo presencial.

Casi una hora después de mi partida, aparecí por el pasillo de urgencias. Avancé hasta la sala de espera, donde encontré al señor Sesemann visiblemente preocupado. Estaba sentado al fondo mientras una chica menuda le acariciaba la camisa desde la silla de al lado. Era morena, bajita y de labios rojos. Mantenía un *foulard* alrededor del cuello a pesar de que en la sala de espera hacía calor.

Me detuve antes de llegar a ellos. Hasta entonces no había considerado la posibilidad de que el señor Sesemann tuviera novia. Según las escasas frases que Tinette me iba soltando a lo largo de los días, había podido averiguar que el padre de Clara era viudo y que esa había sido su situación legal desde hacía muchos años. Pero como su fantasma solo se aparecía cuando todos estábamos durmiendo, jamás me interesé por lo que le sucediera cuando salía de casa.

Me aproximé hasta la zona de los asientos tratando de que mi presencia no pasara inadvertida.

—Señor Sesemann… —murmuré—. Ya estoy aquí.

El padre de Clara levantó la cabeza y entornó los ojos al verme. Una ventolera de angustia me hizo temblar.

—Así que ya has llegado —masculló el señor Sesemann—. Me preguntaba cuánto más tardarías en aparecer.

—Es que ha habido tráfico —respondí de inmediato—. Me puse en marcha en cuanto Tinette me lo dijo… Espero que no sea muy grave.

El señor Sesemann agachó la cabeza y resopló. La mujer morena volvió a acariciarle la espalda y me lanzó una mirada de calma. Quise creer que los nervios del padre de Clara eran los responsables de tanta tensión.

—Clara ha sufrido una crisis —me aclaró el señor Sesemann tras un silencio eterno—. Su corazón se ha ralentizado y si la ambulancia no llega a tiempo se habría parado definitivamente.

Me tapé la boca con la mano. Realmente el estado de Clara era grave. Y me reprendí a mí misma por no haber cogido el dichoso taxi.

—Nos han dicho que ya está estable —apoyó la chica morena, con un marcado acento español—. Han sido unos minutos muy malos, pero parece que ya está fuera de peligro.

—Menos mal… —A pesar de las buenas noticias, no acababa de sentir alivio. La mirada incisiva del señor Sesemann me había puesto el estómago del revés—. ¿Se sabe por qué ha sucedido? ¿Los médicos han dado alguna razón?

La chica morena bajó la cabeza. Parecía evitar el contacto visual que hasta ese momento me había confortado. Y yo me sentí a merced de las fieras.

—La verdad es que todo ha sido por tu culpa —espetó el señor Sesemann, desafiante—. Le diste a Clara aguacate cuando es un alimento totalmente prohibido para ella. Le ha subido hasta las nubes el nivel de potasio. ¡El aguacate casi la mata!

—¡¿Cómo dice?! —pregunté alarmada.

No recordaba haberle dado ningún aguacate a Clara. Aquella acusación era totalmente injusta. Iba a clamar a voces por mi inocencia cuando a mi mente acudió la imagen de Clara y el guacamole de la noche anterior. Clara mirando el nacho. Clara ante la pasta verde. Clara saboreando la selva y el océano.

Sentí mi estómago escurriéndose como una toalla. Y su contenido a punto de derramarse por algún lugar de la sala de espera.

Miré las margaritas. Predestinadas para otra misión y obligadas a permanecer allí por el cambio de planes.

Cuando me empeño, no dudo en dejar mi impronta suicida allá por donde voy.

Responsable. Gran responsabilidad. Sumamente responsable.

Capítulo 4

Charlotte:
Anne, por favor. No puedes seguir así. *8:50*

Ha sido una faena, pero debes dejar de culparte por lo sucedido. La niña está bien, ¿no?
Pues deja de fustigarte. *9:12*

Venga, contéstame. No es justo que cargues con todo. *11:16*

Por favor, di algo. Deja de hacer el tonto. *13:01*

Si no lo haces, me planto en Frankfurt mañana por la mañana. Tú eliges. *13:02*

Anne:
Ok. Luego te llamo. Estoy bien. *13:50*

En una escala del uno al diez, en la que el diez es la euforia y el uno, la porquería, aquella mañana yo me sentía en la infrabasura. Ahí mismo; justo en la cloaca.

El señor Sesemann me había escupido sus palabras como flechas de odio, aunque, al hacerlo, había olvidado mencionar lo más evidente; un dato obvio para cualquiera que tuviera una pizca de inteligencia, y que se reducía, básicamente, a que estaba despedida.

Acabada. Muerta. Machacada. Era un fraude como cuidadora y debía marcharme de aquella casa.

Por fortuna, las formas del señor Sesemann no fueron tan duras como las que yo utilicé para flagelar mi cerebro, aunque la esencia en el fondo era la misma: Clara había estado a punto de morir. Mi trabajo no había estado a la altura de sus expectativas, así que, lamentándolo mucho, prescindían de mis servicios.

En realidad, todos sabíamos que la única que verdaderamente lo lamentaba era yo. Pero no quise entrar en detalles de protocolo lingüístico. Bastante humillante había resultado la reprimenda. Por lo menos iban a tener la gentileza de permitirme vivir en la casa hasta que encontraran a otra cuidadora. Aunque yo creo que el gesto realmente provenía de la chica de pelo moreno, la supuesta novia del señor Sesemann. De hecho, cuando el doctor salió y dijo que los familiares podían pasar a ver a Clara, fue ella la que apoyó una mano en mi hombro para confortarme.

—Me llamo Dete —dijo con amabilidad—. Sé que no ha sido tu intención, pero Michael ahora mismo no piensa con claridad. Intentaré que lo comprenda.

Me agarré a aquella frase como si fuera el único amarre que me sostuviera ante el precipicio. La mera idea de ponerme otra vez a buscar piso me producía urticaria. Aunque, por lo visto, la decisión del señor Sesemann era firme. De hecho, no volvió a dirigirme la palabra si no era para saber qué tal había pasado su hija la noche. Toda una concesión, dadas las circunstancias.

La verdad era que Clara estaba más fresca que una lechuga cuando pude pasar a verla. Teniendo en cuenta que hacía unas horas que había estado a punto de morir, su aspecto no estaba tan mal. Me aproximé a ella y le acaricié el brazo, rodeado de tubos por todas partes. Ella abrió los ojos y, al verme, sonrió.

Al ver aquel gesto, algo se destensó en mi interior. Ignoraba si le habrían explicado a Clara que todo había sido por culpa del aguacate, pero me aterraba preguntarlo.

—Qué bien que hayas venido —dijo ella, en cambio—. Tengo muchas ganas de volver a casa. Esto es tan aburrido…

Me alivió que no mencionara el incidente, que siguiera tratándome como si nada hubiera pasado. Daba la impresión de que nadie le había contado que yo ya estaba despedida. Su mirada de cariño, vacía de rencor, era como un bálsamo.

—En cuanto te den el alta, volveremos a hacer cosas divertidas —mentí—. Tú solo ponte buena.

He de confesar de que en el fondo albergaba una mínima esperanza de que a Sesemann se le ablandara el corazón respecto a mí, pero sabía perfectamente que la posibilidad era tan ínfima que llegaba a ser ridícula.

De todas maneras, y por mucho que yo supusiera una amenaza, la crisis no solo la había causado la cena, según pude enterarme más tarde. Resulta que Clara estaba tan fascinada por el guacamole, que había decidido comerse las sobras también para desayunar y el potasio se le había disparado tanto que por poco no cuenta la fiesta. Irónicamente mi plan había funcionado: había conseguido sacar a Clara de su zona de confort. Fascinarla con la selva y el océano. El problema es que la excursión había sido tan fascinante que casi me la había cargado.

Cuando por fin le dieron el alta y regresamos a casa, decidí tomarme el cuidado de Clara muy en serio. Sabía que era muy difícil que el señor Sesemann recapacitara, pero en el fondo me daba igual. No me iba a ir mal comportarme como una persona responsable una temporada.

Me guardé muchísimo de no perturbar el descanso de Clara. Ni de darle nada de comer. Nada en absoluto. Me había quedado muy claro que el potasio para ella era como la *kryptonita*. El asunto de las comidas era responsabilidad de Tinette y así debía seguir siendo. Ella sabría cómo protegerla mejor de los aguacates y las niñeras descerebradas.

Charlotte llevaba razón en que mi estado anímico había caído en picado. No paraba de atosigarme con llamadas que yo rechazaba contestar. Procuré tranquilizarla diciéndole que me encontraba bien. Pero sé que no se lo tragaba.

De todas maneras, tampoco era tan difícil de entender. A nadie le gusta descubrir que su actitud ha estado a punto de costarle la vida a otra persona. Me veía en el juicio final, con el señor Sesemann como fiscal, acusándome de los delitos más terribles mientras la balanza de la justicia se volcaba en mi contra y me lanzaba contra una rampa maldita, directa hacia el Averno. Y no hacía falta verlo en pesadillas. Cuando removía la sopa o escuchaba al padre de Clara llegar a casa en mitad de la noche, me sentía como una intrusa que tuviera las horas contadas antes del sacrificio.

Clara también se dio cuenta de que mi alegría habitual había dado paso a un estado de letargo sin precedentes. Ni siquiera me reclamaba las clases de piano. Mientras yo me tumbaba en la cama y trataba de formar dibujos imaginarios en las grietas de la pintura, ella se quedaba en su cuarto con el teclado electrónico. Incluso practicaba con los cascos puestos para no hacer ruido. Solo en una ocasión la escuché tocar algo de Mary Poppins en alto, pero estoy convencida de que lo hacía por animarme.

Así pasamos unos cuantos días. Ni los mensajes de mi hermana ni la presencia de Descolorido en la esquina de la habitación conseguían levantarme de mi estado comatoso. A veces observaba el violonchelo, cobijado dentro de su funda e ignorante de la desgracia que se había cernido sobre nosotros. Por culpa de mi mala cabeza se vería obligado a mudarse de casa otra vez. No se lo merecía. Era un violonchelo tan competente... Jamás se había achantado, ni siquiera ante las excentricidades del dichoso profesor Mölck.

El profesor. Con todo aquel jolgorio había sido imposible para mí acudir a la cita del día siguiente. Había escrito a Mölck, explicándole el motivo de mi ausencia y, aunque su respuesta tardaba en llegar, tampoco me quitaba el sueño. Tal y como estaban las cosas, me veía incapaz de sacar a Descolorido de la funda. Sabía que en esas condiciones sería imposible ponerme a tocar.

Todo siguió así hasta una tarde en la que dejé a mi alumna en su cuarto haciendo los deberes. Tras diez minutos de búsqueda inmobiliaria que casi acaba con mi salud mental, dejé el asunto por imposible y regresé a la cama con una bolsa de ganchitos; aquel lugar se había convertido en mi madriguera desde hacía casi una semana.

A lo lejos oí el timbre de la puerta y a Tinette recibiendo a alguien que no era, por supuesto, el señor Sesemann. Que algún ser humano ajeno a la casa se atreviera a visitar aquel reducto del aburrimiento me pareció toda una novedad. Y agudicé el oído para adivinar de quién se trataba.

Por el modo en el que pronunciaba el alemán, obtuve una pista de quién había llegado. Pero por si me quedaba alguna duda, todo se desveló al descubrir a la visita plantada al cabo de unos segundos delante de mi cama.

—¿Qué tal estás, Anne? ¿Te acuerdas de mí?

La presencia me había dejado sin habla. Ante mí tenía a Dete, la novia del señor Sesemann. Un ganchito que se había quedado a mitad de trayecto entre la bolsa y la boca cayó irremediablemente al suelo. Me incorporé intentando recomponer la cama.

—Ho... la —musité—. Perdona el desorden. No esperaba a nadie.

—Claro. Es comprensible.

Dete sonrió levemente mientras me perseguía con la mirada. Yo, mientras tanto, me sacudí la falda, subí la persiana y traté de interponerme entre ella y el caos de mi cuarto-madriguera.

—Bueno, ¿por qué estás aquí? ¿Necesitas algo? —dije intentando matar el silencio, pues odio los silencios.

—La verdad es que sí —afirmó ella—. ¿Podemos ir a charlar a algún lado?

Me encogí de hombros y asentí. No tenía nada mejor que hacer que ver cruzar las sombras de una esquina a otra del techo. Dete se dio la vuelta y echó a andar por el pasillo mientras volvía a abrocharse el abrigo.

—Nos vamos —anunció a una Tinette igual de sorprendida que yo—. Dígale a Clara que, si necesita algo, puede localizarnos en el móvil. No tardaremos mucho.

Tinette asintió y me lanzó una mirada interrogante. Me limité a enarcar las cejas y a seguir a Dete hasta el ascensor. Estaba claro que si aquello se trataba de un secuestro estaba fantásticamente planeado. Jamás se me habría ocurrido plantar resistencia a una española de metro sesenta que pesaba la mitad que yo.

—He querido que charláramos fuera de casa para que las dos podamos hablar con libertad.

Nos encontrábamos en un *pub* del barrio. Dete había pedido un par de cervezas y en aquellos momentos me escrutaba con su grandes ojos verdes. Sé que hay españolas que no responden al tópico que tenemos en la cabeza. Las hay rubias y pelirrojas, de ojos azules o altas como puertas, pero Dete, que en aquellos momentos saboreaba su pinta con placer, se ajustaba perfectamente a la imagen de española que todos tenemos en la cabeza. Exceptuando el verde de sus ojos, el resto era tan castaño como en un tablao flamenco.

Dete se había sentado en la silla de al lado para poder hablar en confidencia. Vamos, quiero decir que eso fue lo que deduje. Hablar frente a frente es más propio de las entrevistas de trabajo. Y a mí me daba que Dete quería pedirme algo. No hacía falta ser licenciada en nada para saber que algún tipo de misterio le había hecho sacarme de la casa.

—Ante todo, quiero decirte que entiendo por lo que estás pasando —comenzó—. Mis primeros años en Alemania fueron muy duros, y sé que hay veces que se mete la pata cuando se trabaja de canguro.

Escuchar esas palabras me hizo sentir más confortada que nunca desde hacía varias semanas. Al parecer, Dete se solidarizaba con mi causa. Estaba verdaderamente interesada en mi problema. Una llama candente se avivó detrás de mi esternón.

—He intentado convencer a Michael para que te quedes. Pero ha sido imposible. No se fía de que sepas cuidar bien de Clara.

Pues estábamos buenos. Las expectativas acababan de derrumbarse con la misma rapidez que habían sido creadas. Aquella conversación parecía transcurrir en el carricoche de una montaña rusa.

—Clara me ha contado que estos días has estado muy triste. —Dete apoyó una mano sobre mi antebrazo. Me miraba fijamente—. Sé que le has tomado cariño y que lo del guacamole fue un error estúpido. Yo sí creo que eres una chica responsable. Lo he visto estos días en el hospital. Se ve que aprecias mucho a Clara.

Asentí. Dete tenía razón en que cada vez sentía más cariño por aquella niña. Y fui consciente por primera vez de que la idea de separarme de ella me daba pena.

—Creo que tal vez sea posible encontrar una solución para que puedas continuar en la casa.

—¿De veras? —intervine—. Yo no sé qué más podría hacer. Aunque, si el señor Sesemann lo tiene decidido, tal vez no sea buena idea insistir más.

—Te entiendo. Pero has olvidado una cosa: aún tenemos a Clara… Michael valora muchísimo su opinión.

Me sorprendió el posible interés que Dete pudiera tener en mi circunstancia. No es que yo sea una experta de la vida, pero algo me decía que las personas, por muy españolas que sean, no suelen interesarse tanto por la desgracia ajena si no hay algo personal involucrado. Aguardé a que Dete expusiera todas sus cartas.

—Verás. Resulta que tengo una sobrina. Tiene cinco años y hace poco que ha llegado de España.

Así que se trataba de eso. Veía la bola de nieve acercarse, y a mí misma paralizada ante el alud.

—He estado meditándolo y creo que podría ser buena idea que mi sobrina hiciera compañía a Clara. Si quieres, puedo proponerle a Michael que pueda vivir con vosotros. No estaría mal que Clara tuviera una amiga. Y, si te muestras encantada y a favor, puede que Michael reconsidere su postura.

Dete dejó de hablar y volvió a mirarme fijamente. Yo estaba atónita. Resultaba que aquella mujer quería ampliar mi carga de trabajo por el ¿mismo precio? Aunque, bien mirado, tal vez fuera la única posibilidad de conservar mi empleo y, por extensión, un lugar donde vivir. Me dije que no debía mandar el plan a la porra precipitadamente.

—Adelaida es una niña encantadora —continuó Dete—. Lo ha pasado un poco mal desde que mi hermana murió. He pensado que, como Clara tampoco está en su mejor momento, tal vez entre las dos puedan hacerse compañía. Creo que el plan puede resultar.

Pensé que la idea de Dete no era tan descabellada y que si existía una posibilidad, por pequeña que fuera, debía aprovecharla. Sin embargo, tal y como me había advertido, no todo estaba a favor. Aquel plan aún tenía muchas aristas que limar.

—Supongo que habrá que contar con la opinión de Clara —sugerí—. Es la principal implicada en este asunto.

—Ella está de acuerdo —respondió Dete.

—¿De veras?

Dete asintió.

—Clara y yo solemos hablar de vez en cuando. Ya te habrás dado cuenta de que no es una niña como las demás.

Así que resultaba que Clara era muy consciente de la existencia de la novia de su padre. Y no solo eso, sino que, al parecer, las dos guardaban una buena relación. Pensé que aquella discreción por parte de mi alumna era admirable. Jamás desde que había entrado en la residencia Sesemann había escuchado de su boca nada que desvelara algún dato de la intimidad de su padre.

De repente pensé en el lugar de Dete en todo este asunto. Si estaba interesada en que yo cuidara a su sobrina, tal vez era porque ella no podía hacerlo. A mi mente acudió una pregunta obvia que, si bien podía haber guardado para mí debido a lo íntimo del asunto, no dudé en soltar. No olvidemos que mi bienestar también estaba en juego.

—Si necesitas que alguien esté pendiente de tu sobrina —comencé—, ¿por qué no te mudas a la casa y lo haces tú misma?

El rostro de Dete se ensombreció. No por lo impertinente de mi pregunta que, en efecto, lo era, sino porque sin duda había revuelto alguna tormenta interna. Sé reconocer cuándo la gente se siente mal por algo que no depende de ellos. En su respuesta siempre hay un hilo de culpabilidad que intentan camuflar.

—Verás, esto sería un primer paso. Michael es una persona muy reservada y eso incluye a su familia. No me atrevería jamás a que viviéramos como pareja sin que él lo sugiriera antes que yo.

Comprendí de inmediato la jugada. Dete no se atrevía a invadir la intimidad del señor Sesemann sin que él lo planteara, pero en cambio sí estaba dispuesta a meterle a su sobrina en casa como un caballo de Troya. Pensé que el asunto requería una ingeniería mental digna de un doctorado.

Tal vez yo fuera la oportunidad que Dete necesitaba para afianzar sus lazos. Si, en efecto, era así, no quise saber más. Prefería mantenerme al margen y aprovecharme de la situación. Así me sentiría menos cómplice y podría regresar cuanto antes a la rutina que ansiaba para mi vida.

Dete terminó su pinta, pagó las consumiciones y sugirió que volviéramos a casa. Antes de abandonar el *pub,* me dijo que, si yo aceptaba, sería ella quien hablaría con Sesemann y su hija. Es decir, se comprometía a hacer el trabajo sucio. Mi única misión consistiría en no volver a meter la pata y mentalizarme de que tendría que cuidar de dos niñas en vez de una.

Trazó un par de frases de alabanza sobre lo buena chica que era su sobrina y el apoyo que necesitaba. Hasta me hizo sentir algo de lástima. Imaginé una niña desvalida y agarrada a un osito mugriento implorando ayuda con sus ojos llorosos. No sé por qué, le dije a Dete que aceptaba el reto. Cualquier cosa antes de ponerme a buscar piso de nuevo. Tal vez aquella niña aportara un poco de alegría a la rectitud de aquella casa. Clara tendría compañía y puede que mis tareas como cuidadora fueran, incluso, más livianas. Siempre se dice que es mejor tener dos hermanos que se entretengan solos que un hijo único. No sé quién lo inventó, pero son las típicas cosas que dicen las amigas de mi hermana.

Puede que aquella niña fuera un buen fichaje. Que al final terminara tomándole tanto cariño como a Clara y se convirtiera en una especie de prima pequeña para ambas. Tal vez, aquella jugada maestra marcara un antes y un después en mi estancia y la sobrina de Dete endulzara nuestras vidas y nuestra relación de convivencia.

Evidentemente, me equivocaba.

Capítulo 5

De: Charlotte Rottenmeier
Para: Anne Rottenmeier
Asunto: Re: ¿Otra niña?

Vamos a ver… Esa gente tiene un poco de morro, ¿no?
¿En serio vas a quedarte con dos niñas a la vez?
¿Crees que vas a tener tiempo para todo lo demás?
¿Cuándo vas a ir a las clases de chelo?
Por cierto, hablando de eso. Deberías presentarte cuanto antes en casa de ese profesor. Si no responde a tus mensajes, lo mejor es que vayas a verlo en persona. Averigua qué es lo que le gusta y llévale un detalle. Está claro que tienes una buena excusa por haber faltado y que vio algo bueno en ti. ¡Tiene que readmitirte!
Cuéntame lo que ocurra y no vuelvas a dejar tanto tiempo sin responderme.

Besos enfurruñados,

    Charlotte

En efecto, mi hermana también veía que aquel trato era un poco abusivo, pero a esas alturas no me veía con fuerzas de rechazar el giro que me había proporcionado el destino.

Siempre suelo hacer caso a las señales; las canciones que suenan en la radio cuando acabas de pensar en ellas, cruzarte por la calle con una chica que lleva el mismo abrigo que tú o los actores que se mueren tras haber visto una película suya la noche anterior. Son las típicas cosas que no tienen explicación y que yo procuro catalogar en dos grupos: 1) señales-coincidencia nivel básico, o 2) señales brutales iluminadas con luces de neón. Aquel giro en los acontecimientos por parte de Dete me pareció claramente del segundo grupo, una señal-luz-de-neón como una catedral de grande. Para mí representaba el bote salvavidas del Carpathia cuando estaba visto que acababa de saltar del Titanic.

Incomprensiblemente, el señor Sesemann claudicó enseguida ante el plan de Dete. Me pregunté qué táctica habría empleado para virar tanto la opinión de su pareja sobre mí, pero preferí no saberlo. Gracias a ella volví a verme con un techo sobre mi cabeza y borrando la aplicación de búsqueda de piso de la pantalla de mi móvil.

El siguiente paso era recuperar mi vida y, por extensión, al profesor Mölck. Había enviado otro *email* preguntándole si se encontraba bien (realmente su salud me importaba un pimiento, pero era una buena excusa para retomar el contacto). Mi segunda intentona obtuvo la misma respuesta que la anterior: ninguna.

La impaciencia empezaba a pasar factura a mi intestino. Preveía que el profesor Mölck no se había tragado mi excusa, cuando era absolutamente verídica. No tendría más remedio que seguir el consejo de mi hermana y plantarme ante su felpudo con una selección de los mejores tés del mercado.

Cuando llegué y pulsé el timbre de su apartamento, contuve la respiración. Había tenido la suerte de colarme en el portal detrás de uno de los vecinos que subían de pasear al perro (no quise catalogar aquello como una señal, pero sí me pareció una suerte, desde luego).

Tras escuchar el timbrazo, pegué el oído a la puerta. En el interior del apartamento, el suelo empezó a crujir y unos pasos se aproximaron desde la lejanía.

—¿Quién es? —oí pocos segundos después.

Dudaba de si el profesor alcanzaría a la mirilla. Con lo pequeño que era, había escasas probabilidades de que así sucediera. Por eso procuré hablar con un tono de voz elevado y seleccionar bien mis frases. Necesitaba que me abriera.

—Soy Anne Rottenmeier, profesor. Le he escrito dos veces pero no me ha llegado ninguna respuesta. Vengo para asegurarme de que se encuentra bien.

Escuché un resoplido. Como si al otro lado de la puerta no hubiera un hombre, sino un caballo (un poni, si consideramos su altura). El suelo crujió de nuevo, revelando un movimiento que no supe interpretar. Me sentía como esas vendedoras de enciclopedias del siglo pasado, mendigando compasión y un número de cuenta corriente. Había elaborado por el camino un discurso muy eficiente, toda una charla de político que habría convencido hasta al periodista más escéptico. Pero en aquel momento era incapaz de recordar una palabra. Mente en blanco. Muerte. Destrucción. Guerra Termonuclear Mundial.

Por suerte, el profesor pareció apiadarse de mí. Escuché el mecanismo de la cerradura. Su cara asomó inexpresiva detrás de la hoja de madera. Después me miró de arriba abajo. Tras entretenerse un poco en Descolorido, muy pegado y atemorizado a mi lado, regresó a la altura de mis ojos y guardó silencio. Mölck estaba vestido y perfectamente aseado, aunque un resto de miga en su barbilla me desveló que acababa de desayunar. Me gustó adivinar en él aquel resquicio de imperfección. Al fin de al cabo, era posible que el profesor fuera una persona como las demás.

—Disculpe, profesor —dije con sumo respeto—. La niña con la que vivo tuvo una crisis e ingresó en el hospital. He estado hasta ahora cuidando de ella. He venido para fijar una nueva cita. No le decepcionaré. Se lo prometo.

Había vomitado las palabras como si entre aquellas frases no hubiera habido jamás un punto. De hecho, cuando terminé mi parrafada, necesité inspirar varias veces a fin de no ahogarme. El profesor Mölck movió la quijada de su mandíbula, apretó los labios y se decidió, al fin, a hablarme.

—Me parece que es un poco tarde para usted, me temo —sentenció.

—¿Cómo? —pregunté con un chillido que sonó demasiado desafinado—. Le juro que lo que le he dicho es la verdad.

—Y no lo dudo —respondió él—. El problema es que alguien de su perfil no es precisamente lo que más me conviene.

—¿Lo que más le conviene?

—Así es.

Estaba atónita. Me sentía como en el mundo al revés. Alice Lidell saludándose a sí misma al otro lado del espejo mientras en el mundo paralelo las cosas sucedían al contrario.

—Usted ha venido a Frankfurt para cuidar niñas y no a tocar el chelo. Por desgracia, la música no es su prioridad, y no puedo fiarme de que la próxima vez que esa niña caiga enferma no vuelva a ocurrir lo mismo que la semana pasada. Lo siento, pero ha perdido su oportunidad.

«No. O sea, NO».

«¡Nonononono! Usted no lo entiende. Está equivocado, maldita sea. ¡Lo de Clara ha sido un daño colateral!».

Aquellas palabras inundaban mi mente, aunque, por supuesto, jamás llegaron a alcanzar mi boca. Daba lo mismo. Me sentía igual que si mi cráneo fuera transparente. Pude percibir cómo el profesor Mölck leía aquellas frases, las masticaba y me las escupía sin piedad a la cara.

—Le advertí que no espero a la misma persona una segunda vez —dijo, tajante—. Es una lástima, tocaba usted muy bien el instrumento. Pero así es la vida.

¿«Así es la vida»? ¿Qué clase de última frase es esa? ¿Por qué la gente se encarga de terminar sus intervenciones con sentencias estúpidas que no tienen ninguna utilidad para el que las escucha? Me resistía a que la conversación acabara de un modo tan devastador.

El profesor Mölck se apresuró a cerrar la puerta y a mí me pareció intolerable que lo hiciera. No era posible que se comportara conmigo al igual que con las dichosas vendedoras de enciclopedias. No era justo. Ni adecuado. Era, más bien, deleznable.

En un intervalo de diez microsegundos pensé que aquello no era lo que me habían indicado todas las señales. Hacía casi un año, desde que me levantaba hasta que me acostaba, mi destino parecía encaminado hacia Frankfurt, el profesor Mölck y mi acceso como violonchelista en la escuela Kronberg. Era imposible que las cosas sucedieran así. Me resistía a que acabaran de ese modo. Pero la madera pegándose al felpudo y el sonido de la cerradura sellando mi destino me hicieron enfrentarme a la peor realidad que jamás hubiera imaginado.

Me quedé quieta en el descansillo. Petrificada. No sé cuánto tiempo permanecí allí. Un rato largo. Pero me resistía a bajar esa escalera y regresar a casa.

Me fijé en la funda de Descolorido, que sin duda debía de estar hartándose de tanto paseo en balde. El rato terminó cuando la luz del descansillo se apagó de repente. Eso me hizo volver al mundo real, en el que había sido rechazada, estaba siendo explotada por el padre de mi alumna y debía idear un plan B para mis clases de chelo si no quería regresar a Berlín como un guerrero del bando perdedor.

Me pareció irónico salir a la calle y contrastar mi tristeza con la alegría de la última vez que había bajado aquellas escaleras. Sin duda, mi existencia estaba plagada de contrastes. O hacía feliz a Clara o estaba a punto de matarla. O me admitía el mejor profesor de chelo de Alemania o tiraba la oportunidad a la basura por culpa de un nacho con guacamole.

A veces las señales van a la inversa. Funcionan como las fichas de dominó: se derrumban como monolitos, uno tras otro, sepultándote sin piedad.

Caminé por la cuadrícula de calles hasta que, tras unos cuantos metros vagando entre mis pensamientos, me despertó el claxon de un coche a punto de atropellarme. Por mucho que presientas que tu vida está a punto de acabarse, siempre hay que procurar guiarla por los pasos de cebra.

Encajé la regañina del conductor y me refugié de nuevo sobre la acera. Lo mejor en aquel punto era enjugar mi decepción, al menos hasta llegar a casa. No era plan de morir por culpa del amargado profesor Mölck. Debía sobreponerme y dar el siguiente paso. Solo me permitiría la tregua de estar triste aquella tarde.

Las intenciones se evaporaron al mirar a la acera de enfrente. La cafetería de la otra mañana me desafiaba rebosante del encanto que yo había perdido por completo. Ya no parecía tan maravillosa. Un camarero de lazada descuidada se encargaba de servir las mesas y me dije que era una suerte que

Chicocafé no estuviera allí para ver el desastre en el que se había convertido mi vida.

No me sentía ni el diez por ciento de confiada que la mañana en la que había pedido el desayuno a prueba de herbívoros. De repente, nuestro destino volvía a separarse.

Me imaginé a mí misma llamando al restaurante y cancelando nuestra boda después de arrojar todas las invitaciones al fuego de la chimenea; unas ciento cincuenta tarjetas que tardaron un suspiro en hacerse ceniza. Me vi devolviendo el vestido de novia y anulando el pedido de flores, la florista devolviéndome solo el cincuenta por ciento de la factura, y yo culpándome a mí misma por encargar rosas cuando las margaritas hubieran cumplido con creces la misma función.

Apreté contra mí a Descolorido y avancé acera adelante. Quién sabe si Chicocafé y yo nos veríamos en otra ocasión. Qué oportunidad más desaprovechada. Había sido una verdadera lástima.

Pulsé el botón del semáforo como corresponde a alguien que reencauza su vida y mis planes volvieron a tornar de rumbo sin previo aviso.

—Vaya. Creí que volverías a visitarme.

Su voz era un tintineo de campanillas que anticipaba la llegada de Papá Noel.

Me volví hacia él y descubrí que nada había cambiado en su lista de características: los ojos arratonados, el pelo oscuro y la buena apariencia física que, sin el camuflaje del delantal, me anticipaba que aún no se había acabado el baile.

—Te había guardado las mejores fresas por si volvías a pedir el desayuno vegetariano —continuó él—. Al final tuve que dárselas a otro cliente. Una lástima.

Puse en suspenso la cancelación del menú de boda. Era posible que hasta pudieran aprovecharse las flores. La gente empezó a cruzar la calle dándome codazos a diestro y siniestro, pero ni mil empujones me habrían distraído de lo que estaba sucediéndome. Permanecí amarrada a mi violonchelo y tan callada como la puerta que acababan de cerrarme en las narices.

—Vamos a apartarnos, anda —dijo él, tomándome del brazo y retrasándome un poco del flujo de gente—. Vaya día llevas, ¿no? Al final, entre unos y otros, acaban atropellándote.

Así que me había visto. Al parecer, el asunto del bocinazo había sido visible para toda la calle. Chicocafé pretendía que yo reaccionara. Por lo que en medio de aquella situación límite decidí tirar de la batería de reserva. Resultaba que el día no estaba tan perdido como yo pensaba.

—Bueno, llevo una mañana un poco tonta —me disculpé—. No esperaba encontrarte justo aquí.

—Oh, sí. Es superraro ¿verdad? Sobre todo, cuando da la casualidad de que trabajo ahí enfrente.

Chicocafé señaló la cafetería estupenda y apoyó la broma con una elevación de cejas.

—Me refería justo a mi lado. Antes de cruzar.

—Llevas razón. Es cierto. ¡Malditos semáforos!

Me gustaba el humor de Chicocafé y la manera con la que se empeñaba en tomarme el pelo. No había sido algo habitual en mi escasa lista de relaciones. Empecé a escuchar la vocecilla; ese Pepito Grillo que te aconseja siempre que estás en ese tipo de entuertos. Me decía que tenía que dejar de comportarme como un robot y explicarme como una persona con sangre en las venas.

—Tenía idea de pasarme a desayunar otro día —añadí acallando a la vocecilla—. Pero hubo un problema con mis clases.

—¿Ah, sí? —Chicocafé parecía verdaderamente interesado—. ¿Y lo solucionaste?

—Pues la verdad es que no —respondí—. Acabo de quedarme sin profesor de chelo para este año.

—Menuda putada.

Asentí y me encogí de hombros. Era todo un detalle que Chicocafé se solidarizara con mi desgracia.

—No te confundas —aclaró—. Quedarte sin profe es un problema. La putada es para mí, porque ya no podré confiar en que vengas y te comas la fruta que nadie pide. Seguro que el nuevo profesor que encuentres vive en otro barrio.

¿Debía tomarme eso como un halago? ¿Por qué siempre hablaba dejando tantas dudas a su alrededor? Decidí darle un voto de confianza a la parte positiva de su comentario. Más que nada porque aquella tarde lo necesitaba. Puede que sacáramos algo en claro de todo aquello. Hasta era posible que camináramos juntos hasta el altar.

—¿Entras ahora a trabajar? —dije mientras los dos cruzábamos, al fin, hacia la acera de la cafetería.

—No. Es que echo de menos a mis compañeros.

En condiciones normales aquella ironía *destroyer* me habría tocado las narices. Pero, no sabía por qué, aquella mañana me caía simpático. Me detuve junto al banco de la terraza y apoyé en él mi violonchelo.

—Supongo que podría tomarme un café y quedarme un rato a acompañarte.

—No. Nada de eso.

Había detenido sus ojos de ratón en mi frente y yo dudé que fuera mi cara lo que realmente estuviera mirando. Tras un par de segundos de duda, desapareció dentro del establecimiento, donde oí que saludaba al resto de camareros.

No supe si debía quedarme o salir corriendo. Aquel Chicocafé era tan raro que no había modo de comprender sus reacciones. Me dije que debía de ir con manual de inicio rápido, porque si no, sus citas serían un desastre. Por fortuna, solo tuve que aguardar unos veinte segundos. Chicocafé reapareció anudando su famoso delantal. Se detuvo ante mí y cuando hubo concluido su lazada perfecta, sacó del bolsillo trasero un papelito.

—Mi teléfono —dijo rasgando el papel por la mitad antes de anotarme su número en él—. Escribe aquí el tuyo y así estaremos conectados.

—¿Hablas en serio?

—Claro que sí. Me gusta la igualdad de condiciones.

Al oír aquello, sonreí. Por norma general no suelo dar mi teléfono a la gente a pie de semáforo, pero sus argumentos y sus reacciones me habían convencido. Bueno. Miento. Realmente estaba ansiosa por obtener su número o cualquier forma de contacto. Lo que de veras me dejó de piedra es que me pidiera el mío como condición para entregármelo.

Solté a Descolorido un instante y escribí sobre la mesa mi teléfono. Después le devolví todo y me guardé su papelito.

—Bueno, pues ya nos veremos —dije al ver que en la terraza ya empezaban a reclamarlo.

—Por supuesto —respondió él.

Y se marchó a atender la primera de las mesas. Yo, mientras tanto, agarré el violonchelo y decidí volver cuanto antes al mundo real. Comparado con mi vivencia inmediatamente anterior, aquello había sido un paseo en góndola, pero no podía olvidar que mi plan principal acababa de desmoronarse y necesitaba encontrar cuanto antes a alguien que me preparara para la prueba de acceso a la escuela. Y no iba a ser fácil. A aquellas alturas de curso la mayoría de los profesores ya habrían seleccionado a sus alumnos. No podía permitirme un año más de espera. Debía encontrar a alguien como fuera. Regresé a casa consciente de que debía aplicarme en la búsqueda. Al día siguiente empezaría con la ronda de contactos. Si había alguien medianamente conocido al que pudiera pedir un favor no me importaría arrastrarme ante sus pies. Seguro que encontraba algo.

Mantuve esa idea en la cabeza cuando entré en la residencia Sesemann y me detuve en la entrada. También cuando me quité el abrigo y el gorro de lana que aún mantenía en la cabeza. Incluso cuando seguí por el pasillo y una voz con acento español me reclamó desde el salón.

Sin embargo, cuando avancé hacia la estancia y observé la ceremonia que estaba celebrándose, a mi mente solo acudió el terror absoluto. Junto a Dete, una niña morena y nerviosa martilleaba con sus piernas los caros muebles del apartamento Sesemann.

Aún pasarían bastantes días hasta que la idea de buscar maestro regresara de modo consciente a mi cabeza. Ni siquiera el recuerdo agradable de la posible cita se mantuvo en mi cerebro. Aquella tarde todo cambiaría para siempre. Lo que estaba a punto de ocurrir se encargaría de poner mi vida del revés.

Para Anne Rottenmeier acababan de abrirse las puertas del infierno.

Capítulo 6

De: Anne Rottenmeier
Para: Charlotte Rottenmeier
Asunto: 666

Es un demonio. Un Sauron disfrazado de niña que ha venido a este mundo con el objetivo machacarme.

Por favor, no me llames exagerada. No quiero ni enumerarte la lista de cosas que me parecen alucinantes. Aunque lo mejor es que empiece por el principio:

Para empezar, la niña no entiende bien el idioma. Lleva poco tiempo en Frankfurt (aún no sé cuánto), pero en realidad es como si acabara de llegar. Hay veces que le pregunto algo y me mira como si la estuviera insultando. Y con esa actitud, no sé cómo vamos a entendernos. ¡Me es imposible enterarme de nada!

Si vieras cómo llegó... Venía cargada con toda su ropa. Pero ¿te crees que iba ordenada en una maleta como las personas normales? ¡No! ¡La llevaba toda puesta! Al más puro estilo cebolla. Increíble.

Y si al menos se estuviera quieta... ¡no para un segundo! Parece que hubiéramos metido en casa una locomotora. Hasta Tinette está aún más borde que de costumbre.

Sobre todo por las mañanas, en las que la niña está que rebosa energía. Por no hablar de que aún no va al colegio. Primero tendrá que entender bien el alemán...

No sé cómo vamos a acabar. Tengo la sensación de que la casa se ha convertido en un campo de minas y que de cualquier movimiento en falso puede surgir una explosión.

Con lo tiquismiquis que es el señor Sesemann, preveo el cataclismo.

Te lo juro. No sé cuánto aguantaré este *pack* 2x1, pero, hasta que encuentre un nuevo profesor de chelo, no tendré más remedio que aguantarme.

Te seguiré contando.

Besos,

Anne

En efecto. La llegada de Adelaida no había podido causar más conmoción a mi ya de por sí atormentada vida. Su efecto había sido el mismo que causa un tornado sobre cualquier población: destrucción a su paso.

Debí de suponerlo cuando la vi, inquieta y callada, al lado de Dete en el salón. Aquella tarde, mientras todos hablaban, Adelaida no atendía a nadie. Curioseaba los numerosos objetos del salón catalogándolos de uno en uno, como si aquel cuarto fuera Nueva York y ella King Kong a punto de subirse a cualquier parte.

Al cabo de un rato analizando sus movimientos, pensé que su agitación se debería a los nervios por la llegada a un hogar nuevo, pero a la mañana siguiente, cuando oí las protestas de Tinette, me di cuenta de que se había cumplido exactamente lo que más temía: cuidar de Adelaida supondría una carga de trabajo tan grande que no valdría ni diez veces mi sueldo. Dete me la había jugado pero bien.

Aquella mañana, a la hora del desayuno, Adelaida ya había derramado la leche, roto un plato y manchado la camiseta que acababa de ponerse. Cuando llegué a la cocina y descubrí el desastre, me giré sobre mí misma buscando la cámara oculta. Incluso llegué a dudar de si todo aquello no sería una venganza del señor Sesemann por haber descuidado a su hija.

Por fortuna, cuando todo eso ocurrió, Clara ya se había marchado a clase. No tuvo necesidad de ver el entuerto del desayuno. En cambio, sí que pudo presenciarlo a la hora del almuerzo, cuando Adelaida puso una cara muy extraña al ver lo que Tinette le colocaba delante. Daba la impresión de que el codillo no acababa de gustarle. Lo olfateó con un poco de asco y empujó el plato hacia delante, negándose a comer nada más.

Intenté tentarla con más opciones, pero no hubo manera. Adelaida se levantó de la mesa y se marchó hacia el ventanal, donde se dedicó a mirar a través de los cristales. Yo suspiré y retiré su plato. Al menos, por primera vez en toda la mañana, Adelaida se había sentado. Y si ya costaba mantenerla quieta para que atendiera, más difícil era la comunicación.

Por mucho que me dirigiera a ella, nunca contestaba. Era como vivir con un torbellino mudo alrededor, teniendo en cuenta que un tornado silencioso es aún más difícil de prever que los normales.

Ignoraba si Clara opinaba lo mismo que yo. Pero tampoco decía nada. Los primeros días observaba a Adelaida en silencio, intentando calibrar sus movimientos. Yo sabía que mi alumna tendría una opinión muy bien formada en su cabeza, pero tampoco la expresaba. Supongo que se daba cuenta de lo incómoda que me encontraba con aquel acuerdo y por eso, precisamente, se callaba e intentaba echar una mano.

Una tarde que regresé de la compra, me encontré a las dos sentadas en la mesa del salón. Aquel día, Tinette tenía la tarde libre y, como faltaba queso para la cena de Clara, no me quedó otra que bajar yo misma a buscarlo. Cuando llegué, mi alumna estaba señalando unos animales en un libro para que Adelaida los dibujara. Y parecía que ella aceptaba el trato. Cuando la niña terminaba el dibujo, Clara escribía el nombre en alemán y se lo mostraba otra vez a Adelaida.

Me pareció una estrategia muy creativa. Que mi alumna hubiera conseguido contener a la niña-tornado parecía un milagro. Aunque no duró mucho tiempo. En cuanto percibió que yo me adentraba en la sala, Adelaida se levantó de repente y se alejó para ir a mirar otra vez por el ventanal.

A aquella niña le atraían misteriosamente las ventanas. Miré a Clara sin comprender, aunque, por su gesto, supe que ella se sentía igual de intrigada que yo. Tampoco había conseguido arrancar gran cosa de la garganta de Adelaida.

—Creo que lo único que la entretiene es eso, la ventana —me susurró.

—Bueno. Eso y los dibujos —señalé—. Has encontrado otro modo de calmarla.

Al oír aquello, Clara sonrió, satisfecha con su hazaña. Yo, en cambio, miré el reloj y dejé a un lado las alabanzas. Por primera vez fui consciente de lo tarde que era. Faltaba poco para la cena.

—¿Te has enchufado a la diálisis? —pregunté, enarcando una ceja.

—Aún no…

Sin saber por qué, me enfadé de veras. Bueno, en el fondo sí que lo sé: cenar tarde implicaba que Clara no durmiera lo suficiente. Y yo me echaba a temblar con la idea de que volviera a caer enferma. Me aterraba que cualquier descuido pudiera conllevar una nueva crisis. No solo se trataba de que me echarían a mí la culpa. Es que tampoco podía soportar la presión de sentirme la responsable.

—Clara, sabes perfectamente que la diálisis tarda un rato largo. Si lo retrasas tanto, luego te acuestas tarde.

—Lo siento... Solo quería que Adelaida se entretuviera.

—Adelaida tendrá que aprender a entretenerse sola. Y tú no puedes descuidar la diálisis. ¡Eso es sagrado!

Había elevado el tono de voz. Y algo me decía que Adelaida se había dado cuenta de que me había referido a ella. Al oír su nombre, había girado la cara desde la ventana y me había mirado fijamente.

No sé si llegó a comprenderme. Solo sé que Clara agachó la cabeza y se fue de inmediato a cumplir con su tratamiento. Sin rechistar. Y eso me hizo sentirme peor todavía.

Mientras colocaba el queso en la nevera, supe que me había pasado. Tal vez era la primera vez que había gritado a Clara, y eso, sin duda, marcaba un antes y un después en nuestra relación. Sabía que debía pedirle perdón cuanto antes.

Permanecí un par de minutos en la cocina buscando las palabras adecuadas, aunque terminé por claudicar a la improvisación. Me acerqué al cuarto de la diálisis y toqué en el marco de la puerta. Al oír mis nudillos, Clara levantó los ojos de su libro.

—Clara, perdona por... lo de antes.

—No pasa nada —zanjó.

Había respondido casi al mismo tiempo que regresaba a la lectura. Apenas me había concedido dos segundos de mirada. Y yo sabía que, cuando eso sucedía, era porque el asunto no estaba de veras superado. Aunque su boca me perdonara, lo de dentro transcurría a otro ritmo.

—En serio. Lo siento mucho —insistí.

Ella asintió con la cabeza, esta vez sin levantar los ojos del libro. El gesto no hizo más que confirmar mis sospechas.

Preferí dejarlo ahí. No estaba preparada para afrontar aquella conversación en esos momentos, sobre todo porque las protestas de Tinette, recién llegada a la casa, acababan de ponerme de nuevo en estado de alerta. Seguro que Adelaida había puesto los pies donde no debía. O había tirado algo sobre el sofá. Vete tú a saber.

Los días transcurrieron rápidamente, pero no así los problemas de comunicación. Notaba a Clara más fría que de costumbre. Se metía en su cuarto sin contar mucho de su día y permanecía allí con la puerta cerrada. Supuse que nuestro roce reciente, sumado al torbellino de la nueva niña tendrían algo que ver, así que preferí dejar pasar unos días para que la situación se relajara por sí misma.

No hay que olvidar que mis recursos escaseaban. Con Adelaida la cosa no avanzaba. Un buen comienzo habrían sido los monosílabos, pero ni con esas. Algo tan simple como decir «Sí» o «No» se transformaba en ligeros asentimientos o miradas intrigantes que me hacían desechar cualquier idea de contacto. Era como intentar comunicarse con un extraterrestre. Nuestros códigos eran incompatibles.

Por otro lado, apenas conocíamos su voz. Si el timbre de E. T. es identificable para cualquier habitante del planeta Tierra, el de Adelaida era un misterio del universo. Sí era cierto que la oíamos cuando Dete la telefoneaba cada día al llegar las ocho. Pero solo en los ansiados monosílabos. Además, como la conversación se desarrollaba en español, estábamos en las mismas. A medida que pasaban los días, Adelaida se había convertido en un pozo cada vez más insondable. Me daba la sensación de que los problemas en la mansión Sesemann crecían como champiñones.

En esas estábamos hasta que aquel sábado el señor Sesemann llegó a casa acompañado de Dete. Al ver llegar a su tía, Adelaida fue a su encuentro y le dio un abrazo. Pero nada más. Permaneció tan callada como siempre.

Dete le hacía preguntas intentando mantener con ella una conversación, pero Adelaida apenas contestaba. Así que, al ver que la niña no colaboraba, el rebote se trasladó hacia mi zona del campo.

—¿Qué tal come? —me preguntó Dete con algo de preocupación.

—Pues no mucho —respondí haciendo una mueca—. Me da que a Adelaida no le gusta la comida de aquí.

—Tiene que acostumbrarse...

Dete miró de inmediato al señor Sesemann, buscando su aprobación. Aquel gesto me heló la sangre. Parecía que Dete quisiera disculpar el poco apetito de Adelaida de cara a Sesemann. Así que opté por buscar algo positivo que desviara cualquier atisbo de negatividad. No olvidemos que mi empleo también estaba en juego.

—En cambio, está haciendo muchos progresos con el alemán, ¿verdad que sí? Me da que es tímida, pero que en el fondo entiende más de lo que parece.

Adelaida me miraba con los ojos muy abiertos. Sin pestañear. Intenté por todos los medios transmitirle una sonrisa con el poder de mi mente, pero ni siquiera conseguí que sus labios llegaran a curvarse. Aquella niña era la viva imagen de la inexpresividad.

—Si no aprende pronto el idioma, tendremos un problema —sentenció Sesemann—. Tinette me ha contado que se porta fatal.

La dichosa Tinette, qué chivata que era. Parecía que no perdía la ocasión para montar un drama. Además, tampoco es que el señor Sesemann hiciera esfuerzos en disimular su disgusto. Cada vez que abría la boca, el resto nos echábamos a temblar.

—Poco a poco, Michael. Solo necesita tiempo.

—Tiene que ir al colegio —insistió él—. A esta edad es indispensable. No debería perder más tiempo.

—Deja que pasen un par de semanas, al menos. Estoy segura de que acabará habituándose.

—Eso espero.

Continuamos en silencio, mirándonos los zapatos. Dete intentó sentar a Adelaida a su lado, pero la niña no paraba quieta en el sofá. Al ver el panorama, Sesemann se marchó a buscar algo a su despacho (vamos, que buscó la mejor excusa para quitarse de en medio).

Clara también se dio cuenta de la jugada de su padre. Calibraba todo desde su asiento con aquellas miradas tan repletas de análisis. Supe que, de algún modo, ella era la principal perjudicada con las novedades. El asunto de Adelaida había monopolizado la semana y, en contra de mis esperanzas, notaba a mi alumna cada vez más distante.

Las cuatro permanecimos en silencio hasta que, al cabo de un rato, Adelaida dijo algo en español y corrió a mirar por la ventana. Yo me quedé mirándola, intrigadísima.

—No sé qué tienen esos cristales que le llaman tanto la atención —murmuré—. Está ahí cada dos por tres. Es lo único que la entretiene.

—Es la nieve. —Dete sonrió—. En España no nieva casi nunca. Y creo que Adelaida jamás había visto caer copos de este modo. Para ella es un espectáculo.

Así que era eso. Resultaba que algo tan básico como la nieve en invierno era un auténtico fenómeno para ella. Miré a Clara y vi que a ella también le había sorprendido el dato.

Yo me sentí un poco estúpida por mi ceguera más allá del cristal.

—Me cuesta muchísimo entenderme con ella —confesé a Dete—. A veces pienso que me comprende, pero nunca me responde. No hay manera.

Me había asegurado de hablar lo suficientemente bajo como para que si el señor Sesemann regresaba de su despacho no pudiera oírnos. Estaba claro que Dete sí me había escuchado perfectamente, pero lo único que hizo fue menear la cabeza.

—Tal vez podrías venir a verla más a menudo —dije en un alarde de intrusismo personal—. Puede que esté enfadada porque no estás con ella.

—No, no creo que sea eso —me respondió tajante—. Mi hermana murió hace un año y desde entonces la niña ha vivido con su abuelo. Yo llevo bastante tiempo en Alemania. Adelaida me conoce, pero no demasiado.

Si hubiera estado en una tienda, habría pedido el libro de reclamaciones. O puede que directamente hubiera derribado una estantería, quién sabe. Ahora resultaba que la niña había viajado a Alemania casi a la fuerza. No habría estado mal que Dete hubiera mencionado todo eso en nuestra conversación en el *pub*. Tal vez me habría ayudado a salir corriendo en cuanto tuve ocasión.

Pensé que mi hermana llevaba razón en su correo. Había accedido a esas absurdas condiciones por mi dichoso sentimiento de culpa. Todo se había desbaratado por una simple cuestión de ignorancia: por desconocer la composición del guacamole y su efecto en los riñones. Algo que debieron enseñar en todas las escuelas menos en la mía, al parecer.

Me pareció muy injusto. Mi única intención había sido hacer más feliz a Clara y ahora me veía atada de pies y manos, y sin saber cómo escapar.

Como en ese momento lo mejor era callarse, opté por cerrar la boca y dejar pasar la velada. Dete debió de percibir mi malestar y se afanó en controlar a su sobrina, cosa que agradecí de veras.

Cuando la comida concluyó y Dete sugirió que todos fueran a dar un paseo al parque, me excusé diciendo que me dolía la cabeza. No sé si se lo tragaron, pero me dio igual. Habría dado toda mi fortuna por un par de horas de tranquilidad tumbada en mi cama. Algo fuera de lo común a esas alturas.

Oí que la puerta se cerraba y liberé un suspiro. El silencio se adueñó del apartamento. Solo podía oírse a Tinette, a lo lejos, recogiendo los cacharros en la cocina.

Rebusqué mi móvil entre las sábanas, pero no lo encontré. A saber dónde lo había dejado. Tal vez fuera lo mejor: olvidar el mundo exterior y funcionar como una ameba. No pensar en nada. Porque si me ponía a cavilar en el engaño del que había sido víctima, no respondía de mis actos. Seguro que tanto disgusto acumulado era malo para la salud.

Sabía que debía tranquilizarme. No me quedaba otra que sobrevivir en aquella casa hasta que el viento soplara hacia otra dirección. Y sería más fácil hacerlo si me conformaba con el trato.

Una luz azulada parpadeó cerca de la almohada. Cuando extendí la mano para alcanzar el teléfono y vi de qué se trataba, me dije que no debía dar el día por mal empleado.

Hasta la hora 24, todo siempre es susceptible de mejorar.

Capítulo 7

Chicocafé:
Hola, Anne:

¿Qué tal va todo? Espero que sigas viva y sin atropellar.

Me preguntaba si querrías salir a tomar algo. He acabado el turno de mañana y me ha dado por improvisar un plan.

¿Te hace?

Si es que sí, responde «SÍ» y nos vemos en un rato.

;)

Cuando a las bombillas se les aplica una corriente eléctrica, tardan en encenderse más tiempo del que yo lo hice al leer el mensaje. Resultaba que, después de todo, había una recompensa por mi paciencia: un pretendiente. Me sentía tan alterada como si me hubiera tomado tres de sus *milchkaffes*.

Vacilé un poco antes de contestar. No quería que Chicocafé pensara que respondía ansiosa a su mensaje. Así que decidí que transcurrieran trece minutos (ni diez ni quince, es mejor un número irregular) para que pareciera que había echado mano del móvil en ese momento y lo había visto por casualidad.

Anne:
Oh, vaya, ¿qué tal estás tú?

Tenía pensado estudiar chelo, pero creo que podría dejarlo para otro momento. Hoy estoy un poco cansada.

Si quieres nos vemos en Alt-Sachsenhausen. ¿Te va bien?

¿A las 7?

Ya me dices.

Obviamente, cuando escribí el mensaje, ya había empezado con los preparativos para acicalarme. La selección del atuendo iba a llevarme más tiempo de lo normal, pues a esas alturas de domingo no había previsto que mi armario tuviera que hacer frente a ningún acto social. Es decir, la mayoría de mi ropa aún se encontraba en el cesto junto a la lavadora.

De todas formas, tampoco era plan de que mi pretendiente viera que me ponía de punta en blanco. Sería un encuentro casual, poco premeditado, que se iba a materializar casi sin pensar. Mi estilismo debía ser tan casual como el hecho de que me hubiera escrito.

Sí que fui bastante generosa con el perfume. A lo largo de mi historial de citas he aprendido que es capital oler divinamente. Dicen que el olfato es el más intenso de los sentidos.

Así que pulvericé con generosidad el bote de jazmín sobre el escote y dejé que el destino hiciera el resto.

Cuando traspasé la entrada del bar, decidí caminar de frente sin mirar mucho a los lados. Prefería localizar a Chicocafé de reojo y que fuera él quien llamara mi atención. Por el camino había recreado cuatro o cinco encuentros de temática variopinta: en el primero, era yo la que iba hacia él. Chicocafé se mostraba indiferente con mi llegada, cosa que me hacía sentir bastante ridícula. Tras un rato de charla insulsa, me di cuenta de que esa cita empezaba de la peor manera, así que decidí empezar de nuevo. Borrón, reseteo y a la casilla de salida otra vez.

En la segunda recreación, me las apañé para que Chicocafé se levantara y fuera hacia mí. Sonreía todo el rato y hasta me apartaba la silla para que yo me sentara. Me di cuenta de que mi pretendiente me había salido demasiado atento, y llegué a la conclusión de que tanto servilismo a la larga me suele parecer agobiante. Así que comencé otra vez.

Llegué a fabular un par de intentonas más en las que alguien me tiraba una cerveza encima, o incluso, al llegar yo, él no se había presentado (trato de reprimir mi tendencia a la tragedia, pero a veces aflora, qué le vamos a hacer), así que opté por la última opción: comportarnos como personas civilizadas. Yo entraba en el bar como quien no quiere la cosa y él llamaba mi atención desde una de las mesas con velitas del local.

La realidad no estuvo muy desencaminada, ciertamente. La única diferencia fue que encontré a Chicocafé esperando en la barra y no en la mesita con velas. Me desilusionó un poco que nuestra primera cita no mereciera un lugar más romántico, pero me mantuve firme. He aprendido a mantener a raya mis fantasías. Ya no permito que fagociten la vivencia posterior.

Nada más divisar a Chicocafé, fui directa a saludarlo, pero, antes de romper la distancia prudencial de dos personas que apenas se conocen, él me detuvo con la mano:
—Ten cuidado, estoy resfriadísimo.
Por como sonó su voz detrás del pañuelo, deduje que era cierto. Adiós a mi plan de seducción por olfato. Tendría que esmerarme más con el resto de los sentidos.
—¿Te encuentras mal? —pregunté dulcemente—. Podríamos haber quedado otro día.
—Bah, no. Solo son mocos.
Y se sonó haciendo un ruido terrible que hizo girar la cabeza a más de un cliente del *pub*.
Yo empecé a plantearme si Chicocafé realmente querría algo más allá de la amistad. Poniéndome en su lugar, yo jamás habría quedado con alguien que me interesara portando tal cantidad de virus. Más que nada, por el temor al rechazo. Pero lo mismo estaba tan desesperado por verme que no podía aguantar ni un minuto más.
—Vamos a las mesas, hay hueco libre.
Agarré mi pinta recién tirada y lo seguí hasta uno de los bancos donde, sorprendentemente, había sitio. Un montón de desconocidos nos harían de carabina. Pero me daba igual.
—Bueno, ¿qué tal tu semana?
Chicocafé me hizo la típica pregunta que sirve para empezar a hablar de algo. Yo no supe detectarlo y respondí casi sin pensar.
—Pues un desastre, la verdad.
—¿En serio?
Me miraba extrañado. Mi sinceridad no encajaba en absoluto con la imagen de éxito que me había encargado de modelarle. Me sorprendió ver que, después de todo, no soy tan mala actriz.

—Verás…, ¿cómo te lo explico? —rebusqué—. Digamos que desde que llegué a Frankfurt las cosas no me han salido como yo pensaba.
—Ya veo. Lo dices por lo del profesor de chelo, ¿no?
—El profesor y todo lo demás… No quiero ni contarte el día que he tenido hoy en el trabajo.
—¿En el trabajo? ¿Pero tú no estabas estudiando chelo?
Le había contestado sinceramente y sin haberme parado a pensar. Era normal que Chicocafé estuviera sorprendido. Aunque, para qué negarlo, también interesado. Intenté imaginar un modo en el que toda la historia concordara. No había empezado a explicarme y él ya se había echado a reír. Mi situación debía de resultarle de lo más cómica.
—Bueno…, es complicado —comencé.
—Tranquila. No hay que avergonzarse por trabajar los domingos. Lo hacemos todos, ¿sabes? Ser camarera no tiene nada de malo.
—No, no, no —rechacé—. No es nada de eso. Que conste que respeto muchísimo a tu gremio, pero mi trabajo es diferente. Cuido de una niña de doce años.
—¿En serio? —Chicocafé pestañeó y apoyó su espalda en la silla—. Vaya, quién iba a decirlo.
Aquel tono me mosqueó. ¿Por qué le sorprendía lo que había dicho? ¿Qué había querido decir? ¿Que no estaba capacitada para mi trabajo? Mi sistema inmunológico se puso en alerta de combate.
Él debió de notarlo, porque intentó corregirlo con su siguiente intervención. Aunque, siendo sinceros, tampoco es que llegara a conseguirlo.
—Me refería a que siempre imaginé que solo estudiabas. No me pareces la típica chica que hace de canguro.
—¿Ah, no? —Me crucé de brazos.

—Pues no. Creía que optarías por un trabajo más… independiente. Las niñeras están esclavizadas. Y tú tienes que estudiar, ¿no?

Había dado en el clavo. ¿Por qué todo el mundo veía tan claro lo que yo insistía en negarme a mí misma? Tal vez porque ellos no se encontraban en mi lugar.

Expliqué a Chicocafé la historia del nacho con guacamole y cómo todo había derivado irremediablemente hasta mi despido y la negativa del profesor Mölck. Mientras se lo contaba, él se aguantaba la risa, aunque, curiosamente, no me molestó. Al final consiguió contagiarme su ironía y también yo acabé riéndome de mí misma. Resultaba que, a pesar de todo, Chicocafé había conseguido ponerme de buen humor.

—Lo más triste es que nada de esto debería estar pasando —me lamenté, una pinta después.

—¿Cómo dices?

—Me refiero a las señales —expliqué—. Durante un año todo me ha estado indicando que aprendería chelo con el profesor Mölck. Había demasiadas coincidencias que me decían que así sería. Y ahora me siento decepcionada. Me gustaría reclamar a quien fuera que me devolviera el dinero. ¡Esta no es la película que yo venía a ver! ¡No era esto lo que decían las señales!

—Vamos a ver. —Chicocafé me detuvo—. Eso es una completa tontería. Las señales no existen.

—Sí que existen. Yo las veo. A todas horas. Y sé que quieren decir cosas.

—No quieren decir absolutamente nada —replicó él—. Piensa que a lo largo del día te pierdes muchas coincidencias. Las señales que ves son las que tú estás buscando. Hasta un reloj parado da bien la hora dos veces al día.

Aquel discurso me había dejado atónita. Estaba tan bien hilado que amenazaba seriamente con arrasar mi filosofía de las señales. De repente, lo había conseguido: Chicocafé me encantaba.

—Creo que te he convencido —dijo saboreando mi silencio.

—De eso nada —rebatí—. Solo era una postura muy bien argumentada. Nada más. ¿Has pensado meterte en política?

Él se echó a reír de nuevo. Y esta vez yo lo acompañé. Estaba ocurriendo. ¡Sucedía! Alguien había espolvoreado eso que llamamos química. Y sin que Chicocafé hubiera percibido mi perfume. Me dije que todo formaba parte de una gran señal.

—La verdad es que he agradecido que me escribieras esta tarde —confesé, a tumba abierta—. La búsqueda de piso, el trabajo… Desde que llegué, todo ha sido una odisea apoteósica.

Él asintió.

—Te entiendo. Mi primer año aquí estuve a punto de tirarme por un puente.

—¿También te fue mal?

—Ajá. Los anuncios de pisos eran horrorosos. La gente estaba pirada o tenía mucho morro.

Extendí mis manos con energía por lo que acababa de escuchar. Qué maravillosa es la solidaridad cuando viene de parte de alguien tan mono. Te hace sentir como si formaras parte de algo: el club de los damnificados por los caseros locos de atar. De inmediato, me vino a la cabeza el anuncio de Budista Rencoroso. Era lo más exótico con lo que me había topado en meses y me aseguraba otro buen montón de risas compartidas. Mientras buscaba en el móvil la captura que le había mandado a Charlotte en su día, noté que las manos de él estaban más cerca que al principio. La diversión estaba asegurada. Nuestra cita avanzaba a todo vapor.

Tras leerle el texto y un par de buenas carcajadas, recordé el apartamento de Budista y su gata Navidad. En el fondo tenía bastante que agradecerle. Si su novia no le hubiera dejado, tal vez yo no hubiera quedado con Chicocafé y su sonrisa maravillosa. Qué curiosos son los giros del destino. Te sorprenden a cada paso que das.

—Qué bien. Al menos entiendes de qué hablo —dije, un rato después.

—Pues claro, mujer. Venir de primeras es una mierda. Sobre todo si no conoces a nadie.

La cita había llegado a ese punto en el que los dos saben lo que está sucediendo. El límite exacto de la huida de los cobardes o la apuesta de los valientes. Yo supe que Chicocafé iba a por todas cuando percibí que pedía otras dos pintas al camarero. Pretendía alargar nuestro encuentro, por eso me sorprendió tanto la pregunta que me lanzó a continuación.

—Bueno, ¿y qué tal te llevas con tu alumna? —preguntó—. La niña de la diálisis.

Me entraron dudas de por qué se habría interesado en eso. No me pareció lo más romántico, dada la situación. Aunque me apresuré a responderle. Puede que fuera la típica conversación de merodeo.

—Clara es increíble —expliqué—. No parece que tenga doce años.

—Eso me ha parecido entender —afirmó él—. Por lo que me has contado, no me da la sensación de que esa niña necesite que nadie la cuide.

—No, a ver… —refuté para defender mi puesto—. Su padre quiere a alguien que le haga compañía y que la entretenga con el piano.

—Y en lugar de eso le enseñas cómo acabar con su vida. Muy práctico.
Lo miré con sorpresa. Qué falta de tacto hacer mofa con mis desgracias.
—Eso fue un accidente —me defendí—. De todas maneras, ahora estamos pasando una pequeña crisis. Sé que está molesta por todo lo que ha pasado esta semana. Pero en vez de gritarme, prefiere estar callada.
—Eso solo demuestra madurez por su parte.
—No lo sé —rechacé—. No soporto que Clara sea tan conformista. Me gustaría que fuera más rebelde.
Él asintió, como si comprendiera de lo que le hablaba. Me miraba a los ojos fijamente, interesado en la charla.
—¿No has pensado que tal vez ella no sea como tú? —sugirió tras meditar sus palabras—. A lo mejor Clara es feliz dentro de su caparazón.
—A lo mejor, si probara lo de fuera, también le gustaría —contraataqué.
—A lo mejor eso es demasiado arriesgado.
—O a lo mejor no.
Continuábamos mirándonos como dos luchadores de sumo. De repente el ring se había vuelto demasiado pequeño para ambos. Alguien debía pensar en abandonarlo.
—La gente elige su modo de vida —puntualizó él—. Me parece que te estás tomando tu relación con esa niña demasiado en serio. Deberías protegerte.
Acababa de poner su mano sobre mi antebrazo mientras apoyaba su consejo. Al percibirlo, noté un escalofrío. Supe que mi nivel de cuelgue sería directamente proporcional al tiempo que sus dedos mantuvieran el contacto. Todo era tan intenso que apenas analicé lo que me acababa de decir.

—¿No has pensado en qué va a pasar cuando todo esto acabe? —insistió él—. Los niños crecen. Las canguros no son para siempre.

La culpa que había enterrado a lo largo de esa semana afloró de repente ante mí. El distanciamiento que Clara y yo estábamos sufriendo me afectaba, y mucho. Hasta tal punto que rememoré el momento exacto de nuestra discusión: los ojos de Clara mirándome, atónitos, tras mi regañina, y el rechazo con el que me había castigado al zambullirse en su libro. Todos esos recuerdos se me afianzaban como un corte doloroso. De esos que te haces en el dedo y que, aunque parecen pequeños, no paran de sangrar.

Supe que, si lo confesaba, la cita con Chicocafé corría el riesgo de descarrilar. Opté por hacerme la dura. O la digna. O lo que sea que se hace una para no mostrarse vulnerable.

—La verdad es que no me planteo nada de eso —salí por la tangente—. Siempre he pensado que este trabajo sería a corto plazo. Lo cogí a la desesperada, por solucionar lo del alojamiento. Pero no sé qué ha sido peor…

Él asintió y sonrió comprensivo. Supongo que solo intentaba advertirme. Yo, en cambio, prefiero ser práctica y afrontar los impedimentos a medida que me van cayendo encima. Reaccionar en ese dulce momento en el que me doy cuenta de que me están sepultando.

—De todas maneras, el trabajo estaba muy bien solo con Clara —añadí—. El problema ha sido Adelaida… No consigo entenderme con ella. ¿Por casualidad no sabrás español?

Al oír mi ocurrencia, Chicocafé se echó a reír. Se veía que disfrutaba con mis propuestas a la desesperada. Quién sabe. Lo mismo era un suizo con tal amor hacia los idiomas que había decidido ir más allá de los tres de su país.

—Yo no sé español —me respondió—, pero creo recordar que tu budista sí.
—¿Cómo dices?
—Mira su anuncio. Decía que daba clases de español.

Antes de desterrar la idea al cubo de las opciones absurdas, me dije que, viniendo de Chicocafé, la posibilidad se merecía, al menos, ser valorada. Busqué de nuevo el anuncio del budista en mi móvil y comprobé que la retentiva de mi pretendiente era colosal. Menuda máquina de hombre. Sin duda era un buen fichaje.

Budista Rencoroso y yo no estábamos destinados a vivir juntos, pero eso no significaba que la razón de nuestro encuentro fuera compartir apartamento. Puede que hubiera algo más. Me sentí como si alguien acabara de lanzar los dados de la suerte. Tal vez el hecho de que yo hubiera leído su anuncio formaba parte de otra gran señal, una respuesta que nos hubiera preparado el destino adornada de confeti y fuegos artificiales.

—Si reúnes valor suficiente como para volver a su casa, te invito otro día a cenar.

Miré a Chicocafé a los ojos y cogí su guante al vuelo. En cuestión de retos soy como un perro hambriento que se lanza a la menor ocasión. Así que no dudé en sonreírle mientras fabulaba con el futuro menú.

—Puedes darlo por hecho.

Capítulo 8

Anne:
¡Hola! ¿Qué tal? Soy Anne, la chica violonchelista que fue a ver tu apartamento. ¿Te acuerdas de mí?

Budista:
¡Hola, Anne! Sí, claro que me acuerdo. Tenías una risa muy bonita.

Anne:
Oh, gracias…, je, je.
Una cosa: ¿tú dabas clases de español? Creo que en tu anuncio lo ponía. Necesitaría algún consejo por un tema de incomunicación.

Budista:
¿Incomunicación? Ja, ja, ja, qué gracia. Claro, pásate por casa cuando quieras.

Anne:
¡Genial! No sé si mañana te vendría bien. ¿Estarás?

Budista:
Si el mundo no se acaba y el sol vuelve a salir, creo que sí.
Puedes venir a las 9. Te invito a un té.

Excelente. Anoté en el móvil la cita con el budista y mandé a Chicocafé la captura de la charla para confirmarle mi valor. Sabía que el reto era una mera excusa para volver a vernos, pero me gusta seguir los trámites del cortejo, sobre todo si es el otro quien los propone.

Nuestra primera cita había transcurrido de manera muy calmada. Me había relajado de veras. Como había quedado más que claro que volveríamos a vernos, mi nivel de comodidad fue tal que ni siquiera hubo beso de despedida. Para qué forzar las cosas. Lejos de preocuparme, sentí que aquello era bueno. Chicocafé no tenía prisa por avanzar en lo que el destino nos deparara.

Lo que sí continuaba preocupándome era mi distanciamiento con Clara. Me había levantado aquella mañana decidida a mantener una charla con ella. Cuando las cosas no se hablan, corren el riesgo de enquistarse, así que decidí no posponerlo más. Llamé con los nudillos a su cuarto y, solo cuando ella me dio permiso, unos segundos más tarde, abrí la puerta.

Encontré a Clara en medio de su dormitorio de princesa, sentada sobre la cama y enchufada a su diálisis. Aquel cambio de rutina era sorprendente, pues, hasta entonces, el vampiro jamás había salido de la sala de la antepasada rancia. Era curioso que mi alumna lo hubiera sacado de excursión.

Clara permanecía con la espalda contra la pared y me miraba muy atenta; demasiado estirada para encontrarla así de casualidad. Mis ojos se encontraron con los suyos y ella desvió la mirada un segundo, cosa que me obligó a fijarme en los pies de la cama: sobre el colchón, camuflado bajo la manta, pude vislumbrar el borde de una carpeta malva.

Lo bueno de vivir con una adolescente tan ordenada es que su cuarto suele estar tan impoluto como un catálogo de muebles. Y, si un objeto está fuera de su sitio, canta a la legua. No hay duda: significa que su dueña lo está usando.

Cuando una ha tenido doce años hace relativamente poco, se acuerda de cómo disimulaba con cosas sospechosas en su habitación.

A pesar de que bajo la colcha todo olía a misterio, no quise interrogar a Clara sobre lo que ocultaba. Seguro que no era tan grave como para poner en peligro su vida. Esa niña jamás dejaría de ser responsable.

—Bueno, yo… he venido porque quería hablar contigo —murmuré sin saber muy bien cómo empezar.

—¿Sí? ¿Sobre qué? —preguntó ella.

—Pues… sobre lo que ocurrió el otro día, la llegada de Adelaida, no sé…, varias cosas. Me da la sensación de que en la casa hay demasiada tensión.

Al oír aquello, Clara sonrió.

—No te preocupes, Anne. Estoy acostumbrada. Mi padre no es una persona fácil y siempre ha provocado situaciones extrañas.

—Ya, lo sé, pero yo... No sé. Hace mucho que no practicamos con el piano, por ejemplo.

Clara sacudió la cabeza y perfiló otra sonrisa.

—Tú estás demasiado atareada ahora. Además, no importa; sé cuidar de mí misma. En el fondo, siempre lo he hecho.

Me dio mucha pena oír eso, pero supe que estaba en lo cierto. Los altibajos de su vida la habían obligado a ser autosuficiente. Es lo que tiene ser la responsable de filtrar tu propia sangre. Y bueno. Todo lo demás.

—Entonces, ¿no estás enfadada? —pregunté, aún dudosa.

—Para nada, de verdad —zanjó ella—. En serio, demasiado tienes con Adelaida.

—Sí, es cierto —me lamenté—. No sé qué vamos a hacer con ella. A ver si encontramos pronto una solución.

Confiaba en que mi desayuno con el budista, programado para el día siguiente, diera sus frutos. No estaba muy convencida de si la visita sería útil, pero tenía que intentarlo.

—Bueno, pues ante cualquier cosa ya me dices —dije preparando mi salida—. Por cierto, ¿qué tal vas con… eso?

Señalé al vampiro con torpeza. Clara no debía olvidar que seguía preocupándome por ella.

—Bien. No sé. Como siempre —respondió—. Sigo sin riñón.

Parecía deseosa por zanjar la charla. Era evidente que quería sumergirse de nuevo en su misterio. Así que me apresuré a dejarla sola. La conversación había sido cordial, no cabía duda, pero notaba que la chispa de antes había desaparecido. Que Clara me ocultara cosas como el contenido de esa carpeta no hacía más que reforzar mi temor a un posible distanciamiento. Aun así, procuré convencerme de que eso entraba dentro de su intimidad y que no debía inmiscuirme.

De hecho, cuando cerré la puerta y me alejé de su cuarto, me hice el firme propósito de hacerle la vida más agradable a Clara. Debía trabajar en un entorno más proclive a la confianza, cosa que podría ayudar también a Adelaida. Así que me puse manos a la obra.

Al día siguiente me presenté en casa del budista con una caja de galletas similar a la del profesor Mölck. El contenido de la otra hacía semanas que había desaparecido, pues durante mi semana de depresión, aquella del despido temporal, había dado buena cuenta de ella sobre mi cama-madriguera. Así que, sabiendo que las galletas estaban increíbles y que eran un acierto seguro, me personé ante el que podría haber sido mi apartamento exhibiendo la sonrisa que, al parecer, tanto le había gustado a mi futuro consejero.

Budista me abrió la puerta de inmediato y cuando me adentré en el piso supe que ya no era tan rencoroso. Las fotos de su novia habían desaparecido de las paredes, aunque el olor y el aspecto seguían siendo maravillosos. Maldije a la dichosa Theresa como responsable de mis desgracias. De aquel apartamento rebosaba la paz que tanto anhelaba para mi existencia.

—¿Qué tal te va? —me recibió Budista—. ¿Encontraste algo que te gustara?

La pregunta resultaba muy irónica teniendo en cuenta que era él quien me había rechazado. Pero al segundo supe que no la formulaba con mala intención. Budista no era malo, solo algo falto de vista.

—Bueno... Precisamente vengo por esto. Estoy cuidando de dos niñas, una de ellas, española.

—¿En serio? ¡Qué curioso!

Budista me miró francamente sorprendido. Después tomó a la gata Navidad de una de las butacas y, tras plantarle un sonoro beso, le pidió permiso para sentarse él mismo en el sofá.

—Es su sitio favorito. —Budista dibujó una sonrisa paternal mientras la gata desaparecía por el pasillo—. No le gusta que vengan visitas porque la hago irse a su cuarto. No se lo tomes en cuenta.

Jamás me habría atrevido a guardarle rencor a Navidad, ¿por quién me tomaba Budista? Pegué un sorbo de mi taza de té y aguardé a que estuviera listo para hablar.

—Aprendí español en Ibiza —se explicó él al cabo de un rato—. Pasé allí un par de años y luego decidí regresar a Alemania. Tengo muy buenos recuerdos de aquella época. Por eso me gusta tanto hablar esa lengua.

—Ah, vaya —asentí—. Entonces, seguro que puedes ayudarme. La niña española no entiende nada de alemán y me gustaría comunicarme con ella.

Expliqué al budista el caso de Adelaida, mi llegada a la casa Sesemann y cómo me había visto abocada a aquella situación. Mientras me explicaba, Budista asentía, muy interesado, como si lo que yo le narrara fuera una película o, más bien, algo parecido a un culebrón. Porque, en el fondo, así lo era.

—Me parece que estás inmersa en un problema bastante serio —respondió él.

—Estoy de acuerdo —asentí—. Por eso necesito saber lo que le pasa a Adelaida. ¿Te importaría que la trajera un día? Lo mismo tú puedes traducirme lo que diga.

—No creo que sirva de mucho —respondió él—. Por lo que me cuentas, esa niña tiene otros muchos problemas.

Budista guardó un silencio que me hizo comprender lo perspicaz que era.

Estaba claro que las dificultades de Adelaida eran bien visibles, como si hubieran impregnado con su ADN cualquier conversación que tuviera que ver con ella.

—Si quieres comunicarte con esa niña, tendrás que poner de tu parte —insistió él—. Tal vez necesita sentir que alguien se acerca a ella.

—¿Y qué puedo hacer? —pregunté—. Yo no sé una palabra de español.

—El principio siempre está aguardando a todo aquel que decida empezarlo —dijo él.

Me soltó su aforismo y se quedó tan pancho. Acto seguido, se levantó y acudió a su estantería, llena de libros hasta los topes, de la que seleccionó cuidadosamente un par.

—Llévatelos —dijo antes de entregármelos.

Eché un vistazo a las portadas. Se trataba de un método básico de español y su cuaderno de ejercicios. Budista se tomaba muy en serio mi formación.

—El mero hecho de ver estos libros encima de la mesa ayudará a tu niña a verte con otros ojos —me espetó—. El remate sería que te animaras a echarles un vistazo. Y, si estás dispuesta, yo puedo tutorizarte.

—Eso sería fantástico —respondí—. Pero no sé si tendré tiempo ni dinero para venir a las clases. Tengo que encontrar un profesor de chelo con urgencia.

No estaba mintiendo. A aquellas alturas de curso me estaba desviando tanto de mis objetivos que me daba pánico pensarlo.

—Lo del dinero no es problema —espetó él—. Me basta con saber que os estoy ayudando. El pago será haceros felices.

Qué cosas. Había pasado de Budista Rencoroso a Budista Bondadoso con solo una visita. Se notaba que su karma había vuelto a su ser. Yo sabía que el aprendizaje de un idioma no es algo que se haga de la noche a la mañana, pero tal vez llevaba razón. No perdía nada por hacer caso a sus consejos.

En un ejercicio de descaro pregunté a Budista por el conflicto con su exnovia de la viola. Señalé el cambio evidente en la decoración.

—Theresa y yo hemos llegado a un acuerdo —me explicó él—. Nos veremos una vez al mes y trabajaremos en afianzar lo que nos une, que es bastante.

Después de pronunciar su frase, Budista miró a Navidad que, consciente de que la visita estaba a punto de terminarse, había aparecido de nuevo y merodeaba por el salón.

—Me alegro por ti —dije con sinceridad.

—Sí, yo también me alegro. Mientras tengamos claro que nuestra relación no debe pasar de la amistad, creo que seré capaz de reconducir mis sentimientos hacia algo positivo.

Al oír aquello me entró un vértigo alegre. Tal vez, al superar la ruptura, Budista había borrado su trauma con los instrumentos de cuerda. Puede que no todo estuviera perdido respecto a mi estancia en el apartamento. Le pregunté qué pensaba hacer con la habitación libre. No daba la impresión de que viviera con ningún compañero.

—Al final he decidido cedérsela a Navidad —me respondió él—. Pero, de todas formas, si al final cambiara de idea, tampoco te la alquilaría a ti.

—¿Por qué? —exclamé—. ¿Le sigues teniendo manía a los violonchelos?

—En absoluto —respondió él—. Lo digo porque tú debes quedarte donde estás ahora. Tienes un conflicto abierto con esa familia y no seré yo quien se inmiscuya en eso. Debes cerrarlo.

—¡Pero bueno! —protesté muy indignada—. Eso no es justo. Te cuento mis problemas y tú los aprovechas para rechazarme por segunda vez.

—Tranquila, querida. —Tras reír en silencio, Budista colocó una mano sobre mi hombro—. Conseguirás resolverlo. Y créeme que te sentirás mucho mejor. Esa niña necesita que la abraces. Mucho. Se puede conseguir mucho de los españoles si estás dispuesta a abrazarlos.

Aquel consejo no me sonó todo lo rocambolesco que podría teniendo en cuenta que venía de parte del budista. Pero tampoco significaba que fuera a hacerle caso también en eso. ¿Abrazar a Adelaida? ¿En serio? No teníamos tal nivel de confianza. Lo mismo su reacción era apartarme y morderme en una pierna hasta hacer que me desangrase.

—Supongo que tendré que poner de mi parte, sí. —Claudiqué por no ofender a Budista. Se había portado tan bien conmigo que me sabía mal rechazar su pacifismo—. Le echaré un vistazo a estos libros.

—Me alegraré de que lo hagas —añadió él—. Si tienes cualquier duda, estaré aquí para atenderte.

Me había acompañado hasta el ascensor y se despedía agitando la mano. Navidad, cobijada en su regazo, maulló con gozo. No sé si encantada con mi visita o porque me marchara de una vez. Yo, por mi parte, agradecí con sinceridad los consejos del budista. Aquella aura de paz resultaba un bálsamo ante la locura de mi vida.

Cuando salí de aquel remanso de buenas intenciones, apreté el paso. Deseaba llegar cuanto antes a la mansión Sesemann. Aunque había advertido a Tinette de que necesitaba salir un par de horas, no me fiaba de que supiera contener a Adelaida. Si la niña montaba una de las suyas, sin duda yo sería la responsable.

Una lluvia fina comenzó a empapar los edificios de Frankfurt, así que metí los libros de texto debajo del abrigo.

Qué curiosa es la vida. Había llegado a esa ciudad para convertirme en una gran música y en aquellos momentos me planteaba la posibilidad de estudiar idiomas. Quién habría dicho que lo único útil de mudarme allí sería aprender español.

Pensé en Descolorido y en la decepción que tendría que estar sintiendo al verse relegado al interior de su funda. Mi música luchaba por florecer de nuevo, pero para que eso sucediera necesitaba sentirme tranquila. Por eso deseaba atesorar buena parte de la paz que me había transmitido el budista aquella mañana y mantenerla bien agarrada a mi espalda por si algo salía mal.

Aún conservaba aquel propósito cuando llegué a la casa Sesemann. Pero, apenas saqué la llave del bolsillo, la puerta de la residencia se abrió y el rostro blanco de Tinette volvió a asaltarme en plena maniobra.

—¡Anne! ¡Por fin! Ven, ¡entra en casa!

Tinette me agarró por el abrigo y me introdujo, casi a la fuerza, dentro del apartamento. Tras asegurarse de que ningún vecino nos había oído, cerró la puerta de la casa. Cuando estuvo convencida de que no me había marchado a ningún lado, Tinette se acercó a mí. Se agarró la cara con las manos y me trasladó, al fin, el motivo de su pánico.

—¡Esa niña es un torbellino! ¡No sé qué vamos a hacer con ella!

—¿Por qué? ¿Qué ha pasado? —pregunté—. ¿Dónde está Adelaida?

—¡No lo sé! —respondió ella—. He estado un rato en el cuarto de la colada y de repente he notado que había demasiado silencio. Cuando he ido a buscarla a su habitación, ¡ya no estaba!

—¡¿Cómo dices?!

—¡Se ha escapado! —chilló Tinette—. ¡No hay rastro de ella en toda la casa!

Solté los libros en la mesilla de la entrada y corrí a comprobarlo. Empujé cada una de las puertas del apartamento, que eran bastantes, sin importarme un rábano lo que pudiera encontrar detrás. El asunto era muy serio. Que Adelaida se hartara y pusiera tierra de por medio eran palabras mayores. No tenía ni idea de por dónde empezar a buscar.

Cuando terminé de registrar toda la casa, me di cuenta de que Tinette no se había movido un palmo del lugar en el que la había dejado. Regresé hacia ella pensando en qué hacer a continuación mientras mis pies bailaban nerviosos por la entrada.

—Deberíamos avisar al señor Sesemann —sugirió ella al cabo de un rato.

—De eso nada —repliqué—. No hasta que la hayamos buscado nosotras, al menos.

—¿Nosotras? —Tinette reaccionó como si yo hubiera sugerido el atraco a un banco—. ¡No sabemos dónde puede estar!

—¿Y qué propones hacer? —respondí de mala gana—. ¿Que llamemos a una pitonisa? Escucha: si el señor Sesemann se entera de esto, me va a hacer a mí la responsable. Me echará a la calle. Y no creo que esta vez me deje quedarme una semana. Lo hará de inmediato. Eso significará que yo acabaré en servicios sociales y tú tendrás que encargarte de la señorita Clara y de esa niña a partir de entonces. ¡De las dos a la vez! ¿Estarás dispuesta a hacerlo?

Sabía perfectamente que eso era lo que sucedería y que en aquel momento cada segundo era vital. Al menos es lo que dicen en las pelis de desapariciones y secuestros: cuanto más tiempo pase, peor. Necesitaba bajar a la calle con la tranquilidad de que nadie iba a chivarse, pues me valía el puesto.

He de confesar que también encontraba cierto placer en desconcertar un poco a Tinette. Había demostrado ser un leal perro guardián, aunque tampoco sería tan idiota como para poner en riesgo su propia cabellera.

Tinette claudicó rápidamente ante mis amenazas. Por su gesto de temor supe que apoyaría mi búsqueda con la boca cerrada. Y eso ya era un avance. Mi siguiente reto consistía en encontrar a una niña perdida en una ciudad de seiscientos ochenta mil habitantes. Con el agravante de que no hablaba una palabra de alemán.

Por un instante pensé que aquello tal vez fuera una ventaja. Si no podía comunicarse ni leer los carteles, tampoco conseguiría llegar muy lejos. Aunque no tenía ni idea de si Adelaida disponía de dinero ni del valor necesario para ir a algún lugar preocupante como la estación de tren.

Tras coger de mi cuarto lo que me quedaba de sueldo, me lancé a la calle sin más arma que el teléfono móvil y las ansias por que la pesadilla se disipara. En cuanto pisé la acera, la lluvia se volvió torrencial. Me cubrí la cabeza con la gabardina y apreté los dientes mientras repetía como un mantra los consejos de calma del budista. Porque, si en aquel momento encontraba a esa niña, podía irse despidiendo de mis modales por una temporada.

Di una vuelta a la manzana empapada por la lluvia mientras preguntaba a todo aquel que pudiera haber visto algo. Mi búsqueda fue estéril, por supuesto. En aquel barrio de ricos nadie se preocupaba por ningún ser humano que no fuera vestido de punta en blanco y con paraguas, así que menos por una niña extranjera con aspecto de vagabunda.

Decidí ampliar mi radio de acción y empecé a preguntar también en los comercios. Sabía que mi siguiente paso sería la policía, pero eso implicaba hacer partícipe al señor Sesemann y a Dete de la desaparición, algo que, como sabía, acarrearía consecuencias desastrosas.

Tras media hora de peregrinaje por pastelerías, relojerías y comercios peculiares (jamás he conocido un barrio con tal ratio de tiendas para veganos), me rendí a la evidencia de que 1. Estaba empapada, y 2. Era imposible encontrar a Adelaida sin ayuda de las autoridades. Inspiré hondo asumiendo mi destino y marqué en mi móvil el número de la residencia Sesemann. Al quinto tono de llamada, oí la voz atiplada de Tinette, contestando, temerosa, al auricular.

—¿Residencia Sesemann?

—Tinette, soy Anne. Estoy buscando por el barrio, pero nadie ha visto a la niña.

—Oh, señorita Anne, qué susto me ha dado. Creí que era el señor Sesemann. Por favor, venga enseguida. Adelaida acaba de llamar al portero de abajo. Creo que está a punto de subir.

—¿Qu..?

—Clic —Colgó.

¿Para qué intentar tranquilizarme? ¿Por qué preocuparse en hacerlo? Si yo solo era una estúpida niñera sin sentimientos. Bajo esta capa inmensa de piel no había una persona, solo un muñeco con el corazón latiendo tan rápido que estaba al borde del infarto.

Ignoré mi colapso cardíaco y corrí hasta la residencia Sesemann procurando no matarme con los charcos. Me acordé de Charlotte y de las risas que se había echado a mi costa cuando quise competir en los cien metros lisos. Debería haberme visto en aquella ocasión. Toda una yegua ganadora.

Pulsé el timbre de la casa con insistencia mientras meditaba palabras y más palabras de odio. A la porra el mantra del budista. No merecía aquella condena. La familia Sesemann y sus allegados se habían pasado de la raya. Aunque, para colmo de males, ni siquiera había llegado a la cúspide de lo peor.

Cuando salí del ascensor, detecté un sonido imposible. Un ruido que se me coló en las sienes y me hizo cuestionarme de nuevo mi destino y su catálogo de bromas pesadas. El sonido se entremezclaba con los gritos de Tinette, que, desesperada, se las apañó para abrirme la puerta.

Ahí estaba, calada como una sopa. La niña Adelaida, la vagabunda española, se hallaba en mitad del descansillo mientras observaba lo que acababa de traer al apartamento. El responsable del ruido: que no era otra cosa que un perro.

—¿Qué hace aquí este animal? —chillé al verlo.

Adelaida me miró asustada. Era obvio que mi grito le había pillado desprevenida. Tinette se colocó detrás de mí y me empujó al frente para que fuera yo quien me hiciera cargo de la situación. Es decir, que controlara al perro nervioso. El animal no hacía más que restregarse sobre la alfombra de la entrada, deseoso por secarse la lluvia del pelaje.

Era un chucho enorme cubierto de barro, y en aquellos momentos estaba traspasando su suciedad a la alfombra. La escena me había petrificado por completo. Era incapaz de reaccionar.

—¡A la terraza! ¡Fuera! ¡Ve a la terraza! —ordené, saliendo de mi asombro.

No me atrevía a echar al perro directamente al descansillo. Primero era necesario calmarlo para atarlo con algo. No tenía collar, ni identificación alguna. Y no me quería arriesgar a una mordedura. A saber si estaba vacunado. Abrí la puerta de la cocina para guiar al perro hasta la terraza cubierta. Pero era imposible hacerse con él.

—¡Pasa dentro, vamos!

El perro no me hacía ni caso. Olisqueaba por los rincones ignorando mis órdenes. Yo me llevé una mano a la cabeza harta de aquel galimatías. Los ladridos del perro y los gritos de Tinette se sumaron al llanto de Adelaida que, al percibir mi estado de nervios, se echó a llorar a lágrima viva.

Aquel cóctel explosivo era demasiado. No cabía un desastre más en escena. Pero, me equivocaba. Por si fuera poco, la puerta se abrió anunciando la llegada de Clara.

—¿Qué está pasando? —exclamó mi alumna al ver el cuadro de histeria.

Me veía incapaz de argumentar una respuesta. Adiós a mi plan del entorno agradable. Aquel recibidor se había convertido en la Torre de Babel y yo no podía decir ni una palabra.

Empujé el lomo del perro para meterlo en la cocina, pero, al detectarlo, Adelaida empezó a dar gritos sin que yo entendiera una palabra de lo que quería expresar.

—Pero ¿por qué gritas? ¡¿Qué quieres?!

Adelaida no respondía. Lloraba y lloraba a lágrima viva.

Y yo noté cómo a mi alrededor se formaba una burbuja de silencio. Como si alguien acabara de extender una lona transparente que me aislara de la injusticia de la que me habían obligado a formar parte. Me dije que no necesitaba aquello. Que había llegado al tope de lo que alguien puede soportar. Así que, sin mediar palabra, agarré las llaves y desaparecí del apartamento.

> **Anne:**
> No puedo más. Me largo. Ha sido demasiado
> y ya no puedo soportarlo. No sé lo que voy
> a hacer ahora, pero algo se me ocurrirá.
> Me he largado unas horas de la casa y voy a irme
> un rato a un bar a pensar. Te llamaré cuando
> me haya tranquilizado. Te quiero.

Mi hermana no respondió al mensaje. Al menos, no inmediatamente. Mientras tanto, yo ardía por dentro con la urgencia del que se ve en un punto de inflexión. A mi alrededor todo daba vueltas. Me hallaba en mitad del programa de centrifrugado y necesitaba que alguien diera al botón de *stop* y me tendiera los pensamientos al sol. Sentir una voz cercana y confortable. Un bálsamo.

Por eso, marqué el número de Chicocafé. Tal vez mi reacción fuera un poco desesperada, pero en aquellos momentos Chicocafé representaba el recuerdo más agradable de todos los que había acopiado en aquella maldita ciudad. Necesitaba a alguien cercano que supiera consolarme. Solo esperaba que no hubiera empezado su turno en el trabajo.

Por fortuna, cuando marqué su número, estaba disponible. Un par de tonos más tarde respondió la llamada con su alegría característica. No tenía ni idea de lo que iba a encontrar al otro lado, claro.

—Perdona que te llame así, de repente —me disculpé—. No se me ocurría con quién hablar.

—Tranquila —respondió él—. Aún tengo media hora. ¿Qué ha pasado?

—¿Me prometes que no me juzgarás si te lo cuento? ¿Que si maldigo una y mil veces cosas que está mal visto que alguien maldiga, no me lo tendrás en cuenta?

—Hecho.

Entonces me lancé en plancha. Relaté con pelos y señales todo lo que había sucedido. A borbotones. Sin dejarle siquiera espacio para hablar. Deduzco que Chicocafé no quiso cortarme. Escuchaba paciente al otro lado. Tal vez detectaba que lo que yo necesitaba era desahogarme más que un consejo estúpido rellenando un silencio de la conversación. Concluí mi relato con un suspiro muy largo, de esos llenos de remordimientos. Está perfectamente comprobado que, en cuanto pasa un poco de tiempo, empiezas a ver las grietas de tus decisiones.

—¿Crees que exagero? —pregunté esperando su beneplácito.

—No —respondió él—. Demasiado has aguantado. Yo también me habría marchado de allí.

—Es curioso —sonreí—. Pero ahora me entra el remordimiento.

—¿Por qué? —añadió él—. Tienes razones de sobra. Lo que hacen contigo es un abuso. Si esa niña tiene problemas, tal vez debería ser su tía la que se encargase.

—Dete trabaja todo el día y no tiene con quién dejarla —rebatí—. En el fondo, la comprendo.

—No me digas que la defiendes... —se burló él—. Anne, tu situación empieza a ser preocupante.

—Sí. Llevas razón.

La llevaba. Ya lo creo que la llevaba. Aquel Síndrome de Estocolmo, o de Frankfurt, o de lo que fuera que me pasaba por dentro, estaba convirtiéndose en una patología demasiado seria para mi salud. Amenazaba con arrastrarme al fondo del abismo si nadie lo remediaba a tiempo.

—Es muy cómodo tener dinero y dejar que otro haga el trabajo sucio —añadió él—. No te sientas culpable. No sería justo. Esa niña no es tu responsabilidad.

No lo era, estaba claro. Pero me afectaba. Y lo que era más grave: me hacía sentirme como un monstruo de cara a Clara. Sentía que por culpa de aquella intrusión en nuestra relación, mi alumna estaba llevándose una versión de mí muy poco agradable. Recordé la cara que había puesto al llegar a casa y descubrir al perro. Las dos estábamos igual de desconcertadas, pero sin embargo fui yo la que decidió huir del problema. Clara no había tenido más remedio que quedarse.

—No creo que te lo tenga en cuenta —me consoló Chicocafé—. Cualquier persona con dos dedos de frente entendería que te marcharas.

—Pues no lo sé, no sé si cualquiera lo entendería...

—Vamos, no te tortures. Presenta tu dimisión y no mires atrás.

Tal vez aquello era lo más acertado y lo más digno en aquellos momentos. Me proporcionaría una salida honorable, aunque supusiera tirar la toalla. Estaba claro que después de mi mutis por el foro, toda la familia Sesemann estaría al corriente de mi cobardía. Seguro que el señor Sesemann me esperaba delante de la puerta con el finiquito entre los dientes.

Sin embargo, a pesar de las reservas con las que regresé tras una hora de charla con Chicocafé, no sucedió así. En el apartamento reinaba la calma. Tinette ya se había marchado y parecía que no hubiera habido jamás rastro de un perro por lo limpia que estaba la alfombra. Dudé por un momento si me habría teletransportado a otro multiverso.

—¿Estás más tranquila? —oí una voz a mi espalda.

Se trataba de Clara. Había acudido al recibidor, inquieta por mi regreso.

Asentí, insegura. Temía hacia dónde derivaría la conversación.

—Hemos bañado al perro —me explicó ella—. Ahora está descansando en la terraza. Le hemos puesto una manta. Y Adelaida se ha calmado y se ha ido pronto a la cama.

—¿Y la alfombra? —pregunté sorprendida por que no hubiera ni rastro de barro.

—Tinette se ha encargado —susurró Clara—. Bajó corriendo a comprar un producto de limpieza en seco. No quería que estuviera sucia para cuando llegara mi padre.

Algo me decía que el señor Sesemann todavía no había vuelto a casa. Que no había sido consciente de nada de lo ocurrido aquella tarde. Tinette había sabido jugar bien sus cartas, de eso no cabía duda.

En aquellas circunstancias, supe que pedir la cuenta había quedado relegado como prioridad. Marcharme sería percibido como una reacción exagerada. La situación se había reconducido por sí sola, era evidente. Pero necesitaba pensarlo con calma. Valorar mis opciones. Opté por desviar la conversación antes de que la charla se pusiera peligrosa.

—¿Te has enchufado a la diálisis? —pregunté.

Clara asintió.

—Tinette ha dejado lista la cena. ¿Vas a ducharte?

Era evidente que mi aspecto hablaba por sí mismo. A pesar de las casi tres horas que había permanecido en el bar, mi ropa aún estaba húmeda. Me encontraba a minuto y medio de pillar un resfriado.

Asentí ante la idea de la ducha. Y Clara prometió que me esperaría para cenar. Mientras el agua caliente me quitaba el día de encima y lo arrojaba por el sumidero, agradecí de veras el buen talante de mi alumna. Incluso me sentí todavía mejor al descubrir que Clara no me había engañado y me esperaba, feliz y sosegada, sentada a la mesa.

Ambas evitamos hacer mención al caos vivido aquella tarde en el apartamento y, por primera vez en muchas semanas, todo fue confortable. Con Adelaida acostada, la velada se asemejaba mucho a nuestras cenas del principio. Aquellas en las que yo le mostraba películas mientras ponía en riesgo su vida con comida mexicana.

—¿Quieres que veamos alguna serie antes de acostarnos? —sugerí a modo de agradecimiento.

—Mejor otro día —dijo bostezando—. Hoy estoy cansada.

—Sí, claro… Por supuesto.

Tras un silencio en el que yo agaché la cabeza y empecé a sentirme otra vez culpable, Clara se levantó para llevar su plato a la cocina. Le sugerí que no lo hiciera, pues debía de estar molida, pero ella insistió en llevarlo.

—Es solo un momento —replicó—. No pasa nada por que te ayudemos un poco. Si no, dentro de nada, estarás loca por marcharte.

Capítulo 9

De: Charlotte Rottenmeier
Para: Anne Rottenmeier
Asunto: ¡Hurra!

¡Anne! ¡Bien por ti! ¡Por fin has mandado a la porra a esa gente! Creo que te vendrá bien poner un paréntesis a todo esto. Empezabas a preocuparme. Ese trabajo absurdo te estaba consumiendo. De hecho, hablé con Emily para convencerte de que nos fuéramos las tres juntas a algún sitio. Hace mil años que no lo hacemos. ¿Qué te parece Venecia? ¿Podremos ir esta vez? ¡Tenemos que darnos prisa antes de que se hunda bajo el mar!
Perdona por no haberte respondido antes, pero estaba en un concierto. Por cierto, ¿a que no sabes con quién me he encontrado? ¡Con Friedrich! Le conté que decidiste no ir a la universidad y que todo te iba fenomenal (no entré en detalles) y me dijo que se alegraba mucho por ti.
Que a ver cuándo te vemos por Berlín. Fue muy insistente. Como si no le importara volver a tener algo contigo (alucino). Obviamente no le dije nada del chico ese del café.

Besos,
    Charlie

Cuando me desperté y vi el mensaje que me había dejado mi hermana, la tranquilidad alcanzada aquella noche se volatilizó de inmediato. Tumbada en la cama, me sentí tan insignificante como el guisante del cuento, aquel al que no hacen más que sepultarlo con colchones. Cada frase que leía era peor que la anterior, un nuevo colchón que se sumaba a la pila, ya de por sí atosigante.

¿Cómo iba a contarle a Charlotte que me había precipitado? ¿Qué excusa podía darle? Su mensaje daba por hecho que me había zafado del empleo, y me sorprendió que mi hermana no hubiera sido un poco más cauta. Era probable que se debiera a la noche de marcha sumada a las cervezas. Charlotte es incapaz de mantener la boca cerrada cuando algo le emociona de veras.

Un poco como yo, solo que a la inversa: a mí me sucede cuando me pongo de mala leche. Me comporto como un kamikaze conduciendo por el carril contrario. Por eso me pareció una absoluta torpeza que mi hermana no previera mi futuro achantamiento y que me enviara un mensaje tan libre de filtros.

El tema de Friedrich era tan peliagudo que dolía. Siempre he exigido hablar de él solo cuando soy la primera que lo saca en la conversación, que no es muy a menudo. Sé que a Friedrich le gustaría que estuviera llorando por él en cada esquina, pero, en ese caso y para que sirviera de precedente, había decidido pasar página cuanto antes. Si alguien te acaba confesando que no eres la chica de su vida, lo mejor es no perder el tiempo, coger tu violonchelo y buscar futuro en otra parte. Y mejor si es poniendo tierra de por medio. Con esto no quiero decir que mi aventura en Frankfurt estuviera motivada por aquella ruptura, pero digamos que era la brasa que la idea necesitaba para terminar de cocerse.

Decidí meditar el mensaje que iba a enviarle a Charlotte más tarde. Aún era temprano. Seguro que a aquellas horas estaría durmiendo la mona y no se extrañaría por no recibir una respuesta inmediata. Así que metí los pies en las zapatillas para levantarme cuanto antes de la cama. Acababa de recordar que teníamos un perro en la casa y necesitaba comprobar cómo había pasado la noche.

Cuando avancé por el pasillo, vi que Tinette acababa de llegar y se disponía a bajarlo a dar un paseo.

—He cogido prestada la correa de uno de mis perros hasta que le compremos una —me explicó.

—Creo que deberíamos hablar con el señor Sesemann de este asunto —sugerí, sin rodeos—. No creo que un perro sea lo que más nos conviene, dadas las circunstancias.

—Me temo que es un poco tarde para eso —respondió ella, cabizbaja—. Ayer, mientras usted estaba fuera, Clara telefoneó a Dete para que Adelaida hablara con ella y se calmara. Creo que iba a convencer al señor para quedarnos el perro. O al menos eso fue lo que me dijo la señorita.

Pues nada. Por una vez los acontecimientos no me afectaban a mí directamente. Si el perro de Adelaida se quedaba, no sería bajo mi responsabilidad. Bastante tenía con la carga de trabajo extra que me habían adjudicado. Por esa vez, Tinette sería la pringada.

De todas maneras, parecía que ya lo tenía todo organizado. Tinette había hablado con un paseador de perros muy popular en la zona que supondría un gasto insignificante para la fortuna de la familia Sesemann. Si con eso se conseguía que Adelaida estuviera un poco más contenta, bienvenido fuera.

Precisamente oí acercarse sus piececillos al primer gemido que hizo el perro. Adelaida aún estaba en pijama, pero tenía aspecto de llevar bastante tiempo despierta. Fue directa a acariciarlo.

—Tendremos que ponerle un nombre —dije mirando sus enormes ojos marrones—. Habrá que llamarlo de algún modo si vamos a quedárnoslo.

Adelaida sonrió. Y, por primera vez desde su llegada, supe que había comprendido lo que le había dicho. Al menos, alguna parte.

—Tendremos que someterlo a votación —continué—. ¿Te gusta Harpo?

Siempre había querido tener un perro con ese nombre y sabía que, si me esmeraba en mi candidatura, obtendría apoyos suficientes. Adelaida no dijo nada, solo se acercó a mí y me abrazó.

Necesité repasar el abrazo una decena de veces para creérmelo. Fue como en las retransmisiones de los partidos, cuando meten un gol y te lo repiten una y otra vez a cámara lenta. Tan solo fue un momento: Adelaida agarró mi cadera y zambulló su carita contra mi espalda. Después se quedó quieta unos segundos.

Tras concederle unos segundos, decidí ponerme a su misma altura. Aquella bajada de barrera bien merecía que me agachara ante ella. Los ojos azules de Tinette nos miraban inmóviles. Como si estuviera presenciando la rendición de la batalla y no quisiera perderse ni un segundo del espectáculo. Casi podía oírla masticar las palomitas.

—Veo que te gusta el nombre… —sonreí.

Ella también lo hizo. Y asintió levemente.

—Un momento… —dije olfateando alrededor de la niña—. Adelaida, ¿a qué hueles?

De pronto, el rostro de Adelaida se desencajó. Sus mejillas se ruborizaron y su boca se curvó hacia abajo. En efecto, parecía que comprendía más de lo que creíamos. Y que, además de eso, también tenía la mano muy larga: su pijama apestaba a esencia de jazmín.

Al notar que la había descubierto usando mi perfume, Adelaida se separó de mi lado. Echó a correr y se escabulló por el pasillo. Tinette aún no cabía en sí de su asombro. Desde luego, la opereta prometía.

Supe que era vital para las dos aclarar las cosas. No iba a permitir que los progresos de Adelaida se vinieran abajo por culpa de mi espontaneidad. Así que la seguí, decidida a hablar con ella. Clara apareció por la puerta de su cuarto, restregándose aún los ojos, aunque tardó un segundo en entender lo que estaba pasando. Mientras tanto, yo llegué ante la puerta de Adelaida, que ya estaba cerrada. Aunque, como no había cerrojo, no encontré resistencia alguna. Empujé el pomo, entreabrí una rendija y descubrí un bulto en forma de niña sollozando bajo el edredón.

Aquella imagen me hizo sentir un poco de lástima. Mi intención no había sido reprender a Adelaida. Era cierto que me jorobaba que cogiera mi perfume, pero en aquellos momentos los avances del proyecto importaban más que mis trucos de seducción con los chicos. Así que entré de puntillas y deposité mi enorme culo en una esquina de la cama.

—Cielo, no pasa nada —dije—. No importa que hayas usado mi perfume. No estoy enfadada.

Adelaida seguía llorando sin contestar. Como si estuviera sorda o no entendiera una palabra. Yo ya sabía que ninguna de las dos cosas era verdad, así que decidí hacer un nuevo intento.

—Escucha. Puedes echártelo siempre que quieras, pero solo pídeme permiso antes de hacerlo, ¿vale?

Noté que Adelaida se sorbía la pena y sollozaba un poco menos. Parecía que mi insistencia obtenía resultados, aunque, desde luego, no los suficientes. No veía que tuviera mucha intención de salir de debajo del cobertor.

De repente me acordé de Budista y sus indicaciones. Me había asegurado que abrazar a Adelaida era una medida infalible. Y aunque yo lo había considerado como la última de todas las opciones, estaba claro que a aquellas alturas necesitaba un comodín con urgencia. Iniciar el contacto tal vez no fuera tan descabellado, así que traté de confortar a la niña y acerqué mi mano lentamente, posándola sobre su espalda.

Fue igual que una reacción química. Como un brujo haciendo magia. El calor de mis dedos provocó que el bulto de tela se moviera, se elevara y mutara en una cara llena de mocos y lágrimas. Adelaida se las restregó rápidamente con la manga del pijama. Después se sentó junto a mí y se quedó con los pies colgando.

—Ha sido… sin querer. Lo siento.

Y se obró el milagro. Aquellas frases perfectamente conjugadas habían salido de la boca de Adelaida. Daban ganas de convocar una fiesta.

Pude notar la presencia de Tinette y de Clara, detrás de la puerta. Por el ritmo de sus respiraciones debían de estar igual de alucinadas. Bendije una y mil veces la existencia de Budista.

—No pasa nada —dije alargándole un pañuelo para que se sonara—. Solo quiero entender por qué lo has hecho. Dime, ¿te gusta el perfume de jazmín?

Adelaida guardó silencio. Vacilaba antes de dar su respuesta. Y yo sabía que aquel era el mayor reto al que tendría que enfrentarse. Pues explicar una conducta malinterpretada suele ser complicado de narices. A pesar de ello, Adelaida se empeñaba en comunicarse. Había algo en sus adentros que luchaba por reventar. Tarde o temprano las cosas salen. Y lo hicieron en aquel momento.

—Me recuerda a mi madre —dijo aguantando el llanto—. Tu perfume. Huele como ella.

De repente comprendí todo. El impulso de Adelaida, la añoranza que le produciría el olor a jazmín y la angustia que debía de provocarle estar metida en una casa llena de desconocidos. Noté cómo algo se desmoronaba en mi pecho; la culpa descendiendo en caída libre. ¿Cómo era posible que hubiéramos pasado por alto algo tan sencillo? Era simple: Adelaida echaba de menos a su madre. Aquella que había muerto. Sí. Justamente esa.

De repente, y sin saber por qué, la rodeé con el brazo y la apreté fuerte. ¿Qué más podía hacer tras una confesión así? Aquella niña me parecía de repente alguien muy valiente.

Ella aprovechó el abrazo para sonarse y utilizó el pañuelo como excusa para no decir nada. Era lógico que estuviera avergonzada por lo que había pasado. No hay que olvidar que pillar en una mentira a alguien es muy embarazoso. No digamos cuando se tienen cinco años.

—Estoy sorprendida por que no te hayamos oído decir nada hasta ahora. —Todo se había vuelto tan sentimental que preferí cambiar de tema—. Entiendes el alemán perfectamente. ¿Por qué has estado tan callada?

Adelaida se encogió de hombros. Tardó un rato en responder.

—El alemán es difícil —dijo—. No sé decir bien las cosas.

—Eso no es cierto —rebatí—. Además, las lenguas se aprenden practicando. ¿Cómo vas a aprender alemán si no lo hablas?

Adelaida volvió a encoger su clavícula. Esa vez permaneció callada.

—Hagamos una cosa —propuse—. Tú intenta hablar alemán y yo me comprometo a aprender algo de español a cambio. Te dejaré ser mi maestra.

Adelaida asintió.

—Pero me tendrás que estrechar la mano para prometerlo. Un trato es un trato.

Tras unos segundos de vacilación, Adelaida movió sus deditos morenos hacia mí y extendió con prudencia la mano. Yo la agarré enérgicamente.

—Seguro que a ti se te da mejor que a mí… —murmuré lamentándome por la carga de tareas extra que se me amontonaban en aquel empleo. Más colchones sobre el guisante.

Cuando acabamos de estrecharnos la mano, Adelaida se levantó de la cama, lista para empezar el día. Clara aprovechó entonces para entrar en la habitación, seguida de Tinette. Por fortuna, ambas reaccionaron como si no pasara nada y se llevaron a Adelaida a desayunar.

Yo permanecí un rato meditando todo lo que había pasado. La mañana había estado llena de avances. Pero tendría que asegurarme de que Adelaida no sufriera un paso atrás. Eché un vistazo a mi alrededor. Aquel cuarto interior era muy digno como habitación de invitados, pero demasiado triste para acoger a una niña. Era tan sobrio, tan impersonal, que habría deprimido a cualquier aspirante de payaso.

Supe perfectamente lo que tendría que hacer. Puede que me excediera en mis funciones, pero me daba igual. El mundo avanza por lo que la gente hace de más.

De: Anne Rottenmeier
Para: Michael Sesemann
Asunto: Adelaida

Señor Sesemann:

Me gustaría hablar con usted en algún momento. Sé que sus horarios son muy poco flexibles, pero es por un asunto importante: Adelaida. La niña ha hecho muchos avances, pero creo que es importante que estemos pendientes de ella. Por favor, indíqueme algún momento en el que podamos charlar.

Gracias y un saludo,

Anne

No solo se trataba de aclarar mi lista de nuevas responsabilidades. También me sentía en la obligación de hacer partícipe a Michael Sesemann de todo lo que ocurría a su alrededor. Tantas idas y venidas en horas intempestivas no permitían que el señor de la casa se enterara de lo que sucedía en ella. Y yo quería que lo viera con sus propios ojos o, si era muy tarde, poder retratárselo fielmente.

Sabía que acudir a Dete hubiera sido lo más lógico en aquel caso. Pero, tras unas cuantas comidas observando sus reacciones, me había dado cuenta de que el que realmente mandaba en aquella relación era Sesemann. Era cierto que Dete había conseguido colarle a la niña en casa, pero su influencia había terminado ahí. Me había dado cuenta de que, si el jefe apache ordenaba una acción, por muy en desacuerdo que estuviera la tribu, no había manera de derribarla. Y también sabía que en el asunto de Adelaida no sería una excepción.

En el fondo estaba haciendo un favor a Dete, aunque no era esa mi motivación principal: necesitaba que Adelaida estuviera cómoda en la casa, algo que me permitiría estar más pendiente de Clara. Así todos seríamos felices y comeríamos perdices. En un mundo idílico de princesas Disney, a partir de ese momento las cosas marcharían bien.

No contaba con que la vida real poco tiene que ver con los cuentos de hadas. Nada más mandar el *email,* me mantuve pendiente de la respuesta del señor Sesemann. Sin embargo, su mensaje no llegó. No lo hizo en todo el día. Así que opté por no obsesionarme demasiado con la espera.

La parte positiva era que Adelaida empezaba, al fin, a hablar. Parecía que hubiéramos abierto una compuerta. Al principio, Clara y yo nos cortábamos un poco al corregirla, por eso de subirle la autoestima, pero a medida que los días iban avanzando, la vergüenza de Adelaida pasó a un segundo plano. No solo respecto al lenguaje. Las dos también nos íbamos acercando cada vez más.

—¿Qué tienes ahí? —me preguntó una mañana en la que yo redactaba *emails* en mi cuarto. Hacía demasiado tiempo que no me ponía en serio con la búsqueda de un profesor, y necesitaba, más que nunca, redirigir un poco mis objetivos.

—Un violonchelo —respondí, inmersa en la pantalla.

—¿Puedo verlo?

Llevaba tres minutos revisando la misma frase. Así que no vi nada de malo en dejar los *emails* para otro momento. Me volví hacia Adelaida y de pronto fui consciente de lo que me estaba pidiendo. Señalaba con decisión la funda del instrumento, deseosa por ver lo que escondía.

Fue en ese momento cuando me di cuenta: reencontrarme con Descolorido me provocaba vértigo. Durante todas esas semanas lo había mantenido a raya dentro de su funda, pues su mera presencia me inquietaba. A veces tendemos a ocultar las cosas cuando nos recuerdan que deberíamos estar atendiéndolas. Son como una piedra pequeña al fondo del zapato; nos molesta al caminar pero nos da pereza pararnos para sacarla de su habitáculo. El problema era que el habitáculo en el que Descolorido estaba escondido iba camino de convertirse en su ataúd.

Me acerqué hasta la funda y fui con ella hacia la cama. Adelaida me siguió. No estaba dispuesta a marcharse tras haberme convencido. Abrí las presillas y noté cómo su cara se iluminaba al verlo.

—¡Hala! —exclamó—. ¡Qué bonito!

Hablaba como si no hubiera visto un violonchelo en su vida. Y puede que fuera así realmente. Tal vez aquel fuera uno de esos momentos especiales, de esos que se te quedan grabados. Los de «la primera vez que». Y supe que debía aprovecharlo. Que cuando Adelaida fuera mayor pudiera relatar a quien fuera las vicisitudes de mi hazaña.

—Venga, vamos a sacarlo —dije con una dulzura que hasta a mí me sorprendió.

Desplegué la pica de Descolorido y la apoyé en el suelo. Me recoloqué buscando la postura y pellizqué las cuerdas. Como es lógico, estaban muy desafinadas. Apreté el clavijero mirando de reojo a Adelaida.

Supe que le resultaría interesante coger el arco y rozarlo por las cuerdas. Aún recordaba mi primera clase de chelo y lo mucho que me había gustado untar los pelos del arco con resina (algo fundamental para el buen sonido del roce). Sabía que eso le haría ilusión. Destapé el bote y di un par de pasadas a las cerdas del arco. Después se lo alargué para que lo cogiera.

—Ten. Toma esto —dije con convicción.

Ella vaciló. Obviamente, temía romperlo.

—Adelaida, no pasa nada —insistí—. Vamos, no muerde.

—Ade —rebatió ella.

—¿Cómo dices?

—Ade —aclaró—. Prefiero que me llamen Ade.

Me miraba con la barbilla elevada. Reafirmándose en su argumento. Me pareció tan asombroso que quise poner a prueba su tesón.

—¿Ade? —dije, burlona—. Eso no es un nombre
—Sí que lo es —respondió ella—. Adelaida es horrible. Era el nombre de mi abuela. Ade es mejor. En España todo el mundo me llamaba así.
—Muy bien, como quieras, Ade. Coge el arco y frótalo con esto.

Después de su atrevimiento, no quiso rechazar la tarea. Al principio, frotó el arco con miedo, como si la pastilla de resina fuera en realidad de porcelana. Sin embargo, a los pocos segundos percibí que disfrutaba con ello. A pesar de su corta edad, Ade era buena desenvolviéndose con las manos. Me pregunté si además de eso tendría buen oído musical.

—Vamos a hacer una prueba —sugerí—. Yo toco unas notas y después tú intentas imitarlas cantando. ¿Te atreves?
—Vale.
—Muy bien. Pues vamos a ello.

Me aseguré de tener afinadas todas las cuerdas y coloqué el arco en posición, lista para la prueba. Debía aprovechar la actitud de Ade, pues aquello no era más que un juego para ella. Por eso me pareció mágico cuando, tras dar las primeras notas, escuché la voz cristalina que salía de su garganta.

—Pero… eso ha estado… ¡genial!
—¿De verdad?
—¡Claro!

En verdad que era sorprendente. Todo apuntaba a que Ade tenía un oído privilegiado. Quién iba a decirlo. Sobre todo, habiéndose resistido tanto con el idioma.

—Vamos a probar de nuevo —dije, retándola—. Esta vez va a ser más largo. Prepárate.

Opté por un intervalo algo más complicado. La obligué a ampliar su tesitura para ver hasta dónde era capaz de llegar con la voz. Sorprendentemente la garganta de esa niña se alargaba como un chicle. Había descubierto un diamante en bruto.

Al igual que una rata de Hamelín, Tinette asomó por la puerta atraída por el cántico. Costaba creer que fuera de verdad.

—¡Pero qué ruiseñor tenemos aquí! —alabó—. Qué bonito. ¡Sigue, sigue!

Al ver aparecer por ahí a Tinette, Adelaida cerró la boca. Se negó a seguir cantando, a pesar de que intentamos convencerla de que su prueba había estado muy bien.

—Por hoy es suficiente —dije restando presión al asunto—. Si quieres, otro día intentamos con Clara una canción al piano.

Adelaida continuó callada, y Tinette, algo ofendida, hizo un mohín con el gesto.

—Será mejor que recoja su ropa, señorita. Ya está seca. La tiene en el lavadero.

Después, sin conceder a Ade una respuesta, se marchó de inmediato del cuarto. Era evidente que estaba ofendida. Supongo que no se sentía nada recompensada después de ocuparse del perro.

Yo procuré quitarle importancia a la situación.

—¿En serio no has cantado nunca? —pregunté por lo bajini.

—Sí… Alguna vez. Con mi abuelo.

—¿De verdad? —pregunté interesada—. ¿Qué instrumento toca?

—Ninguno —respondió ella—. A veces canta canciones de la radio.

El rostro de Ade se había transformado por completo. Estaba gris. Impertérrito.

—Entonces ¿vivías con tu abuelo? Ade asintió. Pero no permitió que la conversación continuara. Supuse que empezaba a dolerle. Era evidente en su mirada.

—Voy a recoger mi ropa —me soltó antcs de volatilizarse por el pasillo.

No traté de evitarlo. Habría podido notar la añoranza a kilómetros. Los ojos de Ade haciéndose cada vez más pequeños en sus cuencas.

La cosa fue igual durante los días siguientes. A pesar de los avances con el alemán, Ade comía poco. Me esforcé por que probara cosas sugerentes (pues con sus riñones no había nada que temer). Sin embargo, no conseguí que terminara ni uno solo de los manjares que le poníamos delante. Era como si de repente a Ade la moviera una batería vieja. Su nivel de potencia dejaba mucho que desear.

Los días pasaron y Michael Sesemann seguía ignorándome. Me sentía como si estuviera pidiendo audiencia al mismísimo Luis XVI. Al ver que los *emails* no funcionaban, opté por las llamadas y, como tampoco me cogía el teléfono, por dejarle notitas debajo de la puerta. Pero como si nada. O las notitas se autodestruían al rozar la moqueta, o mi letra no era legible. Tal vez Tinette se encargara de apartarlas de su vista, quién sabe. Cualquier excusa me valía para no asumir la verdad: que a mi jefe le importaba un comino lo que yo tuviera que contarle.

Clara también pareció darse cuenta de la situación. Era evidente que Ade iba en picado y que Sesemann no hacía nada por evitarlo. Por eso, una mañana que yo recogía mi leonera-habitación, se plantó delante de mi cuarto nada más llegar de clase.

—¿Tienes un momento, Anne? Querría hablar contigo.

Ni siquiera había pasado por su dormitorio para soltar los trastos del instituto. Daba la impresión de que el tema era urgente, así que dejé de lado lo que estaba haciendo. El que Clara hubiera ido a mi encuentro teniendo en cuenta su aislamiento de aquellas semanas me pareció todo un notición. No iba a desaprovechar la oportunidad de escucharla.

—Verás, es que… Ade me tiene preocupada —comenzó ella.

—¿También a ti?

—Sí. Hace días que no come mucho, ¿verdad? La veo demacrada.

Efectivamente, el estado de Ade no era una de mis paranoias. Clara también se había dado cuenta.

—Lo sé —respondí—. Estoy intentando hablar con tu padre pero no responde a mis *emails,* y tampoco a mis llamadas.

—Ya… —Clara guardó silencio.

Mi alumna se mordió los labios y miró al suelo. Yo sabía que no era culpa suya tener un padre así de pasota, así que traté de disculparle.

—Tinette dice que es una semana mala —vacilé—. La peor de trabajo para él.

—Sí —me confirmó ella—. Se supone que están cerrando un nuevo proyecto. Pero, vamos…, siempre hay un nuevo proyecto.

Era la primera vez desde que conocía a Clara que escuchaba salir de su boca algo parecido a un reproche. Pensé que la situación era tan indignante que incluso ella la rechazaba. Me dije que debía tranquilizarla. No era cuestión de añadir más leña al fuego, por mucho que hubiera motivos de sobra. Así que le prometí que yo me ocuparía y que se quedara tranquila.

Clara era demasiado lista como para creérselo, pero a pesar de ello claudicó y se fue a hacer los deberes. Antes de marcharse pude apreciar, camuflada entre los libros, la dichosa carpeta malva que últimamente llevaba a todas partes. El recordatorio de que mi alumna también tenía un mundo interior y de que para el resto era inaccesible.

Tal vez Michael Sesemann creyera que el trabajo de los arquitectos era vital para la continuación de nuestra especie, pero de lo que no se daba cuenta era de que estaba erosionando la relación con su hija.

Budista también se lamentó de que mi jefe tuviera una vida tan ocupada. Según él, por culpa del trabajo estaba perdiéndose lo verdaderamente importante. Yo, en cambio, no sentía la misma compasión. Me parecía una actitud muy irresponsable por parte de alguien que había exigido tanta responsabilidad.

—Muchas veces pienso que Sesemann no merece una hija como la que tiene —confesé aquella misma tarde en casa de Budista—. ¿Nunca has pensado que los padres a veces parecen cambiados?

Budista me lanzó una sonrisa divertida. Debía de hacerle gracia mi pensamiento.

—Quiero decir que a veces da la sensación de que estuviéramos con los padres que no nos corresponden —me expliqué—. Clara, por ejemplo. Habría sido la hija ideal para los míos: una chica responsable que no da un disgusto y que es todo lo contrario que mis hermanas y yo.

—¿Crees que tú mereces un padre como Sesemann? —me preguntó Budista con un tono de psicoanálisis que me dio un poco de miedo.

—No, desde luego —respondí al cabo de unos segundos—. Pero siempre eché de menos un poco más de libertad.

Aunque he de reconocer que este hombre se pasa de la raya con la independencia.

Budista asintió y decidió cambiar de tema. Cerró el libro de español que aún conservaba en su regazo y me felicitó por mi tesón.

—Me parece muy bien que estés haciendo los ejercicios. Eres una alumna muy aplicada, Anne.

—Era parte del trato —respondí con alivio—. Adelaida me ayuda con los verbos.

—Sí, el trabajo está muy bien —asintió él—. Pero también me refiero a tus avances con ella.

—Pues sí, quién iba a decirlo —asentí.

A pesar de la falta de apetito de Ade, era cierto que nuestro nivel de comunicación había ganado muchos enteros. No estaba mal reconocerme a mí misma que había hecho un buen trabajo. Me imaginé subiendo la escalera y recogiendo el Oscar a la niñera del año.

—¿Te das cuenta de que gracias a tu empeño con esas niñas sus destinos pueden estar cambiando?

—Lo pienso constantemente —asentí—. Lo que pasa es que el tema de las señales me tiene un poco descolocada. No era esto lo que me tenía preparado el futuro.

—Eso aún no lo sabes —refutó él—. Eres muy osada afirmando algo así. La vida siempre nos sorprende.

—Desde luego. Últimamente a mí me tiene loca. Estoy ya cansada de tanta sorpresa. Me gustaría que, por una vez, me permitieran a mí tomar las riendas.

Budista se echó a reír. Se sirvió más té y volvió a acurrucarse en su asiento.

—Las riendas las tienes tú. Así ha sido desde el principio. Las decisiones son tuyas.

—Ya. Eso me dice Chicocafé.

Budista sonrió al escuchar su nombre. Le había hablado de él en alguno de mis correos y vio la oportunidad perfecta para cotillear. Ser budista no inhabilita para el marujeo.

—¿Has vuelto a quedar con él?

—Qué va. La última vez solo hablamos por teléfono. Lo llamé en una de mis crisis laborales. La verdad es que fue todo un detalle que no me mandara al cuerno.

—¿Y no habéis vuelto a hablar?

—Algún mensaje que otro —confesé—. Nada importante.

No expliqué lo que realmente me pasaba, aunque supuse que Budista lo podía adivinar: Chicocafé me gustaba. Me gustaba de veras. El problema era que en aquel momento no era una de mis prioridades. Después del desastre con Friedrich me había propuesto dedicarme a las cosas de una en una. Y en los últimos días mis problemas laborales monopolizaban toda mi atención.

—De todas maneras —objeté—, no sé si ese chico es para mí. Me dejó claro que no cree en las señales.

—Excusas y más excusas —contraatacó Budista—. Deberías llamarlo.

—Sí. Lo sé. Lo que pasa es que siempre actúa como la voz de mi conciencia. Me dice cosas que yo sé de sobra, como lo de mi trabajo en la casa Sesemann. Soy la primera que sabe que no me conviene.

Budista asintió y me enseñó sus dientes de herbívoro. Sabía perfectamente por dónde iban los tiros.

—Si es así, deja el trabajo.

—¡No puedo! —protesté—. ¡A veces las decisiones no dependen de una misma!

—Eso es un argumento para escurrir el bulto. —Budista negó con la cabeza—. Hay que atreverse. De todas formas, cuando sepas que ha llegado el final de una etapa, sabrás identificarlo. No te estreses. Lo importante es detectarlo y hacer el siguiente movimiento. Cuando sea.

Me gustaba el rollo del budista. Se notaba que entendía de tiempos.

—Mi siguiente movimiento es conseguir hablar con el padre de Clara. Llega siempre tan tarde que cuando lo hace ya estamos en la cama.

No estaba mintiendo. Había seguido mil y una estrategias que no habían valido de nada. Incluso una noche me había quedado esperando en el sofá hasta que me desperté allí sola a las tres de la mañana. Me parecía muy fuerte ponerme el despertador para tener una reunión con mi jefe. Por no hablar de que habría sido completamente inútil. Era imposible saber cuándo iba a volver.

No tuve más remedio que esperar a la comida del sábado. Tras aquellos días de vida ajetreada, parecía que las tradiciones volvían a su ser: Dete vendría a visitarnos el fin de semana y yo tendría el campo libre para atacar con mis peticiones.

La mañana del sábado, Ade se levantó un poco extraña. Tras menear con la cuchara su taza de desayuno, se excusó diciendo que se encontraba rara. No tardó ni medio minuto en expulsar lo poco que había comido sobre la alfombra del pasillo (nos vino genial el producto que Tinette había comprado por culpa de Harpo. Designios del destino).

Era la primera vez que Ade se ponía enferma. Enferma de manera evidente, quiero decir. Seguía sin completar sus comidas y ya no era aquella niña terremoto que me ponía de los nervios. Más bien parecía un corderillo huesudo.

Al ver que Ade había vomitado, Clara se levantó corriendo de la mesa y acudió a ayudarme. Estaba preocupada por el color de piel de la niña.

—Está sudando —dijo alarmada—. Tal vez deberíamos acostarla.

Asentí a su consejo y entre las dos la llevamos a la cama. Aunque no tenía fiebre, el aspecto de Ade no era bueno. De hecho, no quiso probar bocado.

—Lo mejor es no forzarla —intenté transmitir un poco de calma—. Vamos a dejarla un rato y después volvemos para que beba algo.

Clara asintió. Acarició a Ade con cariño y se encargó de dejarla bien tapada. Las dos salimos de puntillas del cuarto.

—A ver si estos días pasan y podemos hacer algo divertido para que se relaje —sugerí.

—Queda poco para la Navidad —anunció Clara—. En diciembre siempre vamos a España.

Noté una punzada de ilusión. Tal vez eso era justo lo que Ade necesitaba.

—Qué bien, ¿no?

—Sí, lo que pasa es que nosotros vamos a Mallorca, a nuestra casa. Ade es de otro lugar.

—Entonces. ¿No podrá ver a su abuelo?

—No creo. Dete intentó convencer a mi padre, pero él no está por la labor de cambiar los planes.

No quise preguntar si Ade conocía ese hecho, pues la respuesta me aterraba. Tal vez no hubiera que buscar más y ese fuera el motivo de su falta de apetito.

Parecía que los sentimientos de aquella niña no contaran para nadie.

Con esa novedad sobre la mesa, me pareció aún más injusto que Sesemann se empeñara en ignorarme. Cada vez sumaba más puntos en su columna de negativos. Pero preferí cerrar la boca. Que Clara no notara mi descontento. Aunque era evidente que era una misión inútil.

Cuando la mañana avanzó un poco, Dete llegó a la casa acompañada por Michael Sesemann. Nada más verla, le expliqué que su sobrina se encontraba indispuesta. Era la oportunidad perfecta para hablar a solas con mi jefe. Mientras Dete acudía a atender a Ade, él se sentó en el sofá a leer el periódico. La situación me imponía bastante, pero me dije que no debía amedrentarme.

—Señor Sesemann...
—¿Mmmm?
—Quería hablar con usted hace unos días. No sé si habrá recibido mis mensajes.

Si la respuesta era afirmativa, no se molestó en darla. Michael Sesemann atendía a su periódico de forma que nada parecía perturbarlo. Admiré de veras esa capacidad de concentración. Seguro que había sido una fiera estudiando para los exámenes.

—Quería que habláramos de Adelaida. No sé si es consciente de lo delicado de su situación.

Me había puesto demasiado dramática, lo sé. Pero también sabía que solo con esas palabras conseguiría distraerlo. Michael Sesemann levantó sus ojos azules del periódico y se me quedó mirando por encima de sus gafas. Después de un segundo, dobló el diario con mucha parsimonia y lo depositó a su lado. Un calor repentino acudió a mis mejillas. Me sentía abrumada por aquel despliegue de atención.

—Tinette me ha dicho que ya está hablando alemán —comenzó él—. Puede que sea un buen momento para que empiece el colegio.

—Tal vez sí... o tal vez no —rechacé—. Es verdad que ha hecho algunos avances en ese aspecto. El problema es que Adelaida ha dejado de comer.

Sesemann resopló con fastidio.

—La comida alemana no es como la española. Pero llegará un momento en el que asuma que aquí las cosas son diferentes. Ya le he dicho a Dete que no debe preocuparse.

Sí. Sí que debía preocuparse, maldita sea. ¿Por qué nadie se daba cuenta de lo que yo veía? Nadie excepto Clara. La niña estaba perdiendo células a cada segundo y su masa corporal se había reducido casi a la mitad. No era una locura de niñera chiflada.

—Creo sinceramente que los problemas de apetito tienen que ver con su entorno —me expliqué—. A Ade le está costando adaptarse, pero tal vez le sería más fácil si visitara de vez en cuando su casa.

—Estas Navidades iremos a España, como siempre —anunció él—. Podrá relacionarse bien allí.

—Con todos mis respetos..., tal vez la niña necesita ver a su abuelo.

Michael Sesemann puso los ojos en blanco y resopló con hartazgo.

—No pienso pagar un hotel en Valencia teniendo una casa de mi propiedad en Mallorca. Ir de visita desde la isla supone ocho horas en barco o mucho ajetreo en avión. No voy a arriesgarme a que Clara sufra esas incomodidades. Si esa niña quiere visitar su país, que se conforme con eso.

Noté un ardor de bilis subiendo por el esófago. Ya he comentado que cuando me encabrito, lo hago de veras. Y preveía que no podría controlarme. Habría gritado al señor Sesemann en su cara. Le habría dicho que qué se habría creído, que las niñas de cinco años no son autómatas, por muy españolas que sean. Sin embargo, no hizo falta. Para eso ya estaba Dete.

La tía de Adelaida llegó a tiempo de escuchar la respuesta y arrugó el gesto muy contrariada. Cazó al vuelo mi argumento y lo extendió claramente con todo lujo de detalles:

—La niña está enferma. Me ha dicho que echa de menos su casa.

—Su casa está aquí, con nosotros —respondió Sesemann—. Tiene todo lo que necesita.

—Michael, no lo entiendes. Hace meses que no ve a su abuelo. Ha vivido con él este último año. Lo echa de menos.

—Ya te he dicho que ese hombre puede venir a Mallorca cuando quiera. Le pagamos el billete. Se coge un taxi desde el aeropuerto y podrá ver a su nieta.

—Él jamás hará eso —negó Dete—. Ya te dije que no estaba conforme con que Adelaida se hubiera marchado. Yo tengo la custodia legal, pero otra cosa son los sentimientos. Y la niña necesita mantener vivas esas raíces.

—¿Y por culpa de eso tenemos que irnos todos a Valencia? —Sesemann elevó tanto la voz que temí que Ade lo oyera—. No entiendo cómo tu sobrina de cinco años puede decidir dónde pasa las vacaciones toda la familia. Si no quiere ir a Mallorca, que se quede aquí con Tinette.

Y se quedó tan pancho. Las pestañas rubias de Sesemann camuflaban unos ojos encendidos que retaban a Dete a ser desafiados. Me pregunté qué habría hecho yo ante aquel compromiso.

—Como quieras, Michael —respondió ella tras un largo silencio—, pero si Adelaida no va a España, yo tampoco voy.

Toma órdago de narices. Acababa de presenciar la primera bronca entre Dete y el señor de la casa. Y he de decir que me sorprendió de veras. Supongo que ella había aguantado hasta un límite. Llegado a ese punto, no había tenido más remedio que imponerse.

Sesemann no respondió. Puso punto final a la charla sin manifestarse. Supongo que la presencia repentina de Clara y de Ade en el salón tuvo algo que ver. No era plan de seguir discutiendo con ellas delante.

Debido a la bronca, la comida fue algo tensa. Apenas hubo un par de monosílabos entre la pareja. El ambiente era tan maravilloso que decidí quitarme de en medio cuanto antes. Tenía la excusa perfecta: cuando miré mi móvil tras el postre, descubrí que acababa de recibir un mensaje de Chicocafé:

> Vaya. Parece que solo acudes a mí cuando tienes problemas. Rezo porque en la residencia Sesemann el suelo se derrumbe. ¿Tendré suerte esta noche?

Era tan encantador que habría sido una crueldad rechazarlo. Y más aún cuando llevaba razón. Parecía que me hubiera leído el pensamiento. A mi alrededor el mundo se desdibujaba. Qué existencia tan horrible la de decidir en qué lugar de España se pasaban las vacaciones.

De todas maneras, aquel era un tema que no me competía. Así que revisé lo que quedaba en mi bote de jazmín y confirmé mi asistencia para esa misma noche.

Llegué a mi nuevo encuentro con Chicocafé con catorce minutos de retraso. Me da rabia no ser puntual en las citas. Dejas visible tu falta de planificación. Siempre me preocupa que ese fallo sea interpretado como una falta de seguridad en ti misma. No sé. Cosas mías.

Cuando llegué, me di cuenta de que el catarro de Chicocafé estaba más que superado. Y puedo asegurar que se percató de mi perfume en esta ocasión.

—Vaya, qué guapa —me soltó nada más sentarme.

Sonreí para corresponder al halago. Sabía que era probable que la cita comenzara de perlas, pero no había supuesto que tanto.
—Me sienta bien salir del manicomio —dije—. ¿No tenías un plan mejor para el sábado?
—Por supuesto. Todos eran divertidísimos —respondió—. El problema es que no me apetecía hacerlos solo. Mis amigos trabajan esta noche.

Me quedé mirándolo sin pestañear. ¿Era capaz de haberme dicho eso? No es muy cortés que te digan a la cara que eres el segundo plato.

—¿No sabes interpretar una broma? —susurró él antes de echarse a reír.

Abrí mi menú antes de que siguiera con más idioteces. Si tenía que aguantar bromitas de esas que el resto del mundo entiende menos yo, prefería afrontarlas con el estómago lleno. Elegí una hamburguesa con una pinta estupenda y pedí al camarero un extra de queso.

—Es por tu mala baba. Necesito calorías.

Mi ocurrencia provocó una nueva carcajada.

—No sabía si querrías ir al cine —me dijo él—. Proponerlo habría supuesto una cita en toda regla.

—¿Ah sí? ¿Y qué tiene eso de malo? —pregunté, aún molesta.

—Nunca se sabe. Suelo dejar una puerta abierta por si mis conquistas quieren salir corriendo. En un cine es más difícil escapar.

—Qué atento.

Di un sorbo a mi refresco recién servido. Mientras tragaba el líquido, me fijé en su silueta. Estaba monísimo. Bien peinado, perfumado. Todo un bombón esperando a ser saboreado.

—Bueno, ¿qué tal el trabajo? —me preguntó él—. ¿Van solucionándose las cosas en Villa Paraíso?

—No admito ni una bromita más al respecto —amenacé—. Por el bien de nuestra cita, te aconsejo que no hablemos de ello. ¿Te pregunto yo cuántos cafés has servido hoy?

Touché. Chicocafé admitió mi argumento con un asentimiento de cabeza mientras el camarero nos plantaba los entrantes delante de las narices. La verdad es que el sitio estaba muy bien. El servicio era bueno. Los raros éramos nosotros.

—Voy a tener que agradecerle al señor Sesemann la explotación a la que te somete —dijo Chicocafé al cabo de un rato.

—¿Por qué?

—Porque solo accedes a salir conmigo cuando tienes un berrinche. Confiésalo. Soy como una «mejor amiga». El paño de lágrimas para el día a día.

Qué presumido. Aunque he de admitir que era un poco cierto. De todas formas, yo no quería dar mi brazo a torcer. Habría supuesto reconocer que él tenía las mejores cartas de la baraja.

—Admito que salir contigo me viene bien —claudiqué—. Me pone de buen humor.

—Claro que sí, mujer. No hay nada malo en admitirlo.

—Lo admito. Eres un tío encantador.

—Madre mía, qué éxito. Y eso que aún no te he besado.

Ahí estaba. Sin pudor. Chicocafé elevó las cejas tras haber lanzado su as de oros. En esa situación, otra habría sorbido su pajita, habría bajado la mirada y se habría mantenido en silencio. Pero yo soy de aceptar los retos, ya se sabe. Iba listo si creía que con eso iba amedrentarme.

—Bueno, tal vez deberías solucionarlo cuanto antes —me aventuré—. Hazlo ya y así nos lo quitamos de encima. Podremos relajarnos lo que queda de noche.

—De acuerdo.
Y lo hizo. Vaya que si lo hizo. Se acercó a mí y, sin pudor alguno, me plantó un beso. He de decir que la experiencia me gustó. Hacía bastante tiempo que nadie se acercaba a mí de aquella manera, y que por mucho que estuviera jugando a hacerme la interesante, su reacción me había desarmado. Lo más gracioso de ese tipo de besos es el momento de después, en el que no sabes qué hacer con tu contrincante. Lo único que te sale es mirar al techo o al suelo. Yo solucioné el asunto fijándome en los cuadros del mantel de al lado. Un término medio.
—Me arrepiento de haberte dicho que no quería hablar de trabajo —solté—. Ahora no se me ocurre nada estúpido que decirte.
Él se rio.
—Sáltate las reglas. Para eso están, para romperlas. Venga, cuéntame, ¿qué ha hecho tu jefe esta vez?
Le conté el espectáculo que se había montado aquella tarde. La discusión de Dete y Sesemann y cómo me había indignado esa actitud de que la vida de los demás importara cero punto cero. Me parecía triste que Ade no viera a su abuelo si iba a España. Esa gente tenía pasta como para mantener una mansión en Mallorca y Sesemann le ponía reparos a coger un avioncito hasta la costa.
—¿Y tú vas a ir?
—La verdad es que no lo había pensado. Soy la canguro, ¿no? Supongo que cuentan conmigo para que no se ahoguen en la playa.
—No te hagas ilusiones —me cortó él—. El invierno en España no es como el verano. Te veo metida en la casa mientras afuera llueve.
—Podré soportarlo.

Era cierto que podía poner mil excusas para pasar las Navidades en casa: una enfermedad de mi padre, añoranza de Berlín o cualquier otro motivo bastante lógico. Pero no sabía si quería bajarme del burro tan pronto. La idea de pasar las vacaciones en Mallorca hizo que se nublara todo lo demás.

—Puede que viajar a España sea mi destino. ¿Quién iba a decirlo? Gracias a Adelaida estoy estudiando español.

Chicocafé resopló.

—Dentro de nada se te quitará de la cabeza la tontería esa de las señales. Verás lo absurdas que son. El mundo es mejor desde el rigor científico.

—¿Qué tontería es esa? No intentes convencerme de tu visión. La mía me gusta. Y estoy muy a gusto con ella.

—Vamos, no te esfuerces. Defiendes algo absurdo por el mero hecho de defenderlo. En el fondo sabes que llevo razón, pero prefieres creer en tu fantasía.

—Te equivocas. El mundo es más divertido con señales. Me gusta jugar a encajarlas.

—La vida no es un juego de construcciones.

—A veces sí. Siento que las cosas pasan por algo. Últimamente en mi vida todo es demasiado endogámico; las mismas fichas valen para todo.

—Te voy a dar un dato antiendogamia. Algo que desmontará tu teoría de cabo a rabo. ¿Qué pensarías si te dijera que en febrero me marcho de Alemania?

—Diría que me tomas el pelo. Que me cuentas una mentira.

—No lo es. Acabo el semestre y abandono Frankfurt para siempre. Regreso a Suiza.

—Pero ¿por qué?

—Porque estoy harto. Trabajo de camarero en una ciudad que apenas me conmueve. No me gusta. No estoy cómodo. Y puedo acabar lo que me queda de curso convalidándome en Zúrich la mayor parte de las asignaturas.

Aquello era increíble. Resultaba que Chicocafé tiraba la toalla. Yo luchaba por hacerme un hueco en ese tugurio, empezaba a ver progresos y justo en ese momento él abandonaba. La tensión se instaló sobre la mesa. Me recoloqué, incómoda, en mi asiento.

—¿Acabas de darme un beso y lo primero que se te ocurre es soltarme ese dato?

—Sí, ¿qué pasa? Una cosa no quita a la otra. Me apetecía hacerlo.

—Tal vez hubiera sido mejor en otro momento, ¿no crees?

—¿Para qué esperar? Lo mejor es ser sincero.

Otro error frontal. Muchas veces he llegado a la conclusión de que la sinceridad está sobrevalorada. No hay nada de malo en aguardar para soltar una información. Hay que pensar en los sentimientos del receptor. Y en el estado de mierda en el que se queda una vez que se ha enterado. Pasé una semana entera tratando de explicárselo a Friedrich. No debería haberse sorprendido de que le retirara el saludo. Después de meses zascandileando, resultaba que yo no era lo que él había esperado. Prefería que se lo hubiera callado para sus adentros. Decirte que no eres suficiente para él cuando es evidente que todo ha acabado es como patear al que está en el suelo.

Chicocafé no parecía muy de acuerdo con todo esto. Me miraba como si acabara de dictarme los números de la lotería. Aunque, al ver mi cara de desagrado, pasó a explicarse.

—Sé que piensas que he tenido falta de tacto. Pero te lo digo por ser práctico. Lo mismo te pilla de sorpresa, pero igual te animas y se te ocurre probar suerte allí. Tu trabajo es un asco. Y en Suiza tenemos unos profesores de chelo estupendos.

—Esto es increíble —protesté—. Es nuestra segunda cita y ya me propones que deje todo y me vaya contigo a otro país.

—No. No es eso —rebatió él—. Solo te propongo una opción divertida. Nada más.

—Cambiar de ciudad no tiene nada de divertido. Yo tengo mi trabajo, mis objetivos.

—Si es así, ve a por ellos, Anne. No te gusta tu trabajo y eres la primera en admitirlo. Por culpa de esas niñas no estás haciendo nada de lo que viniste a hacer. ¿Y ahora estás planteándote irte a España? Vale que sigas en Frankfurt, pero sé franca. Deberías tomar una decisión tarde o temprano.

Me enfurecí al escuchar cómo minimizaba mi trabajo. Sería un empleo insufrible, pero era el mío, y estaba volcando en él muchísimo esfuerzo. ¿Acaso todos mis desvelos no contaban? Gracias a mí, Adelaida estaba haciendo muchos progresos. Las dos nos empezábamos a tomar cariño. Y Clara parecía que volvía a acercarse. No era justo abandonar en ese momento. Necesitaba recoger los frutos de mi esfuerzo.

—Me parece que nadie te ha pedido opinión en este asunto —respondí, seca—. No necesito que nadie me diga lo que debo hacer.

—Me da la impresión de que sí lo necesitas —respondió él—. Sé que puede resultar paternalista, pero creo que eres una tía con muchísimas cualidades. No es justo que las malgastes en un trabajo así.

Era demasiado. Aquel tipo no sabía con quién estaba hablando. Lo hacía como un Dios protector. Me levanté de la silla, abrí mi bolso y planté sobre la mesa veinte euros.

—No, un momento, Anne…

—Cállate y escúchame —contesté—. Será una mierda de trabajo, pero gracias a él puedo pagarme la cena de esta noche.

Él iba a hablar, pero le corté en seco.

—Puede que en un mundo científico lleves razón. Pero no creo que sea el modo ni el momento de decírmelo. Te lo recuerdo: solo hemos quedado dos veces. Prefiero irme ahora en vez de decirte una burrada. Ya nos veremos.

Y me largué. Sabía que mi mala leche había desbaratado la cena, pero lo que le había dicho era cierto. No era quién para ponerme al límite de mis decisiones. Eso no se hace. Y menos conociéndonos de tan poco tiempo.

Me dolía en el alma aquella decepción: Chicocafé se había revelado como un gran candidato, pero también me había demostrado que no sabía tener la boca cerrada. En la vida es importante tener filtros, tal y como le digo constantemente a Charlotte. Tal vez mi reacción había sido exagerada, pero me conozco, y sabía que la conversación ya iba cuesta abajo y sin frenos. Mejor ponerle fin cuanto antes.

Por una vez, una sola, comprendía a Michael Sesemann: era mejor una retirada a tiempo antes que lamentar una guerra.

Capítulo 10

De: Anne Rottenmeier
Para: Charlotte Rottenmeier
CC: Emily Rottenmeier
Asunto: Vacaciones

Sé que debería haberos escrito hace días, pero os juro que me ha sido imposible. Os pido que no os enfadéis por lo que os voy a contar. Espero que me comprendáis y seáis capaces de devolverme el saludo.

No me voy con vosotras, chicas. Me voy a España. Sesemann ha recapacitado y pondrá rumbo a Valencia, la tierra de Adelaida. Se ve que la lógica se impuso y el órdago de Dete dio sus frutos tras la discusión.

Ya sé que os dije que buscaría una excusa para evitar el viaje, pero no he sabido negarme. Clara estaba tan desilusionada por mi ausencia que ni siquiera los saltos de Ade recibiendo la noticia le levantaron el ánimo.

Siento que Clara y yo volvemos a conectar como antes. Últimamente está más próxima a mí. Ayer, sin ir más lejos, me sugirió ver *Chicago,* la película, a espaldas de su padre. Imaginaos mi sorpresa. Por una vez se atreve a saltarse las normas y me pide musicales de asesinatos, burdeles y ley seca. No seré yo quien la coarte.

Me aseguraré de que en las vacaciones sus desafíos progresen adecuadamente.

Si me prometéis que no os enfadáis mucho, os mando un beso fuerte a las dos. Y una postal desde España ;)

Anne

Para qué engañarme. Estaba loca por marcharme de viaje. Después de la discusión con Chicocafé y el caos vivido durante ese otoño, lo que más me hacía falta era poner tierra de por medio. Y si era de arena de playa, tanto mejor.

Mis hermanas respondieron un poco molestas a mi *email*. Sobre todo Charlotte, que había confiado en que dejaría el trabajo. Al recibir aquella respuesta, se desilusionó bastante. Emily, en cambio, se mostró más al margen. Supongo que para ella también fue un alivio no tener que buscar a alguien a quien dejarle el niño.

Solo había tenido que levantarme al día siguiente para enterarme del notición: vista la reacción de Dete, Sesemann no había tenido otra que claudicar ante sus deseos. Así que cambiábamos la mansión en Mallorca por un hotelazo en Valencia.

Aceptar el viaje implicaba convivir con Sesemann a tiempo completo. No era muy estimulante, es cierto, pero también supuse que encontraría algunos momentos placenteros yendo a mi bola. Así que decidí prepararme. Por mucho que Chicocafé me hubiera asegurado que en España también había invierno, las temperaturas decían lo contrario. Hallé la excusa perfecta para justificarme una tarde de compras.

También me aseguré de encontrar planes de esparcimiento al margen del hotel. Corría el riesgo más que probable de que saltaran chispas en algún momento. No debía olvidar que Sesemann había accedido a ir allí a regañadientes.

Debía componer un plan de emergencia para quitarme de en medio.

Nada más aterrizar, me di cuenta de que había hecho bien comprando la ropa de verano. A pesar de que Dete me miró con cara de exageración, fui consciente de que en temas de temperatura es mejor seguir tu propio instinto. Todos sabemos que dieciocho grados es prácticamente verano.

El taxi nos llevó al hotel, que estaba justo al lado de la playa. Una vez allí, dejamos nuestras maletas en recepción. El lugar era tan vistoso que me sorprendí de veras. Por mucha pasta que le supusiera a mi jefe, no estoy acostumbrada a esos lujos. Una recepcionista muy amable y apenas tan alta como el profesor Mölck, nos hizo entrega de nuestras llaves. También nos informó de que nuestra habitación estaba en el segundo piso, mientras que la de mi jefe y Dete, en el cuarto. El pájaro de Sesemann había movido sus hilos: nos había confinado a Clara, a Ade y a mí en una planta distinta a la suya.

—Pero Michael… —susurró Dete al detectarlo—. Me gustaría que estuviéramos cerca de las niñas.

—¿Para qué? —respondió él—. Si pasa cualquier cosa, ya está Anne. Relájate, Dete. Estamos de vacaciones.

Así que el planteamiento de Sesemann era ese: desentenderse totalmente. Por fortuna, no me pillaba de sorpresa. Sabía que por mucho que cambiáramos de ciudad, los hábitos de Sesemann serían exactamente los mismos. Ni siquiera se había molestado en pensar que yo querría mi cuarto propio. Qué va. Las niñas y yo compartiríamos la misma habitación.

El enfado se me pasó nada más entrar en la *suite* que teníamos reservada. Tres camas de personajes de cuento nos aguardaban, cubiertas de cojines. Ade no pudo resistirlo y se lanzó sobre la de en medio.

—¡Yo me pido esta! —exclamó en español.
Me alegré de comprender sus expresiones un poquito. Gracias a las clases de Budista y la insistencia de la niña, hacía mis progresos con el idioma.

Clara abrió su maleta y colocó las cosas en el armario. Entre ellas la famosa carpeta malva, aquella que tantas sospechas me había causado y que, al parecer, viajaba con ella hasta en vacaciones. No quise pasarme de descarada, así que preferí acercarme al pupitre del cuarto para leer la publicidad del complejo. En un amplio panel de servicios descubrí que teníamos derecho a disfrutar de la playa, la piscina y un más que tentador *spa*.

A quién le importa compartir habitación si puede saborear un lujo semejante. Di las gracias a mi decisión de viajar hasta allí. Podría hacer el esfuerzo de pasar aquellas vacaciones sin salir del hotel. Ante aquel confort era difícil no acostumbrarse.

Al cabo de un rato, alguien llamó a la puerta. Cuando acudí a ver quién era, me topé con un señor vestido con un traje impecable.

—Buenos días —dijo el hombre en tono amigable—. Soy Vicente Soler, el director del hotel.

El hombre sacó una tarjeta del bolsillo y me la entregó amablemente. Después señaló a su derecha indicando el motivo de su visita. La verdad es que sorprendía verlo allí plantado y no haciendo la pelota a mi jefe.

—Aquí tienen el aparato de diálisis que encargaron —explicó—. Se lo he traído personalmente para asegurarme de que todo está correcto.

—Oh, claro —respondí—. Pase, por favor.

El señor Soler se adentró en la *suite* empujando el vampiro portátil. Lo colocó donde le indicamos y nos explicó un par de trucos de la habitación a fin de que nos sintiéramos como en nuestra casa. Agradecí el gesto en nombre de Sesemann. Me había tirado dos días haciendo llamadas para explicar a los empleados del hotel lo especial de nuestra situación. Menos mal que, en cuestión de dinero, mi jefe no había tenido problema.

—Un enfermero del hospital vendrá esta tarde y les ayudará con todo el protocolo de la diálisis —añadió el señor Soler—. Es un buen centro. De los mejores de España.

—Creo que Clara se manejará bastante bien con el aparato —comenté—. Pero, de todas formas, muchísimas gracias. Es un detalle por su parte.

—No es la primera paciente con diálisis que se aloja en el hotel —me confirmó el hombre—. Tenemos un protocolo de actuación coordinado con el hospital. Pero ya saben. Cualquier cosa que necesiten…

El señor Soler señaló de nuevo su tarjeta y se despidió afablemente.

Sé que en este tipo de situaciones las personas suelen ser agradables dependiendo de los ceros de la cuenta corriente. Pero en este caso pude percibir una bondad que iba más allá del interés. No pude evitar imaginarme al señor Soler en su casa, acariciando la cabeza de sus hijos y brindando con un buen vino de España. Supe que aquella recreación tenía un noventa por ciento de posibilidades de ser cierta.

Nada más cerrar la puerta, eché un vistazo al vampiro español. Tal y como había supuesto, Clara no veía ningún problema en manejarlo. Aunque me pareció buena idea que un enfermero acudiera por si acaso.

Disponíamos de unas cuantas horas muertas antes de que el enfermero llegara y Clara se enchufara a su diálisis. Además, Sesemann había programado una cena aquella noche con el abuelo de Ade. La niña estaba nerviosa con el encuentro. Debíamos encontrar algo con lo que entretenerla hasta que llegara la hora. No dudé un momento sobre cuál sería la mejor opción: arrastrarla hasta el *spa*.

Hacía tanto tiempo que no me relajaba en condiciones que aquel baño me pareció hasta peligroso. Con tantas burbujas pululando corría el riesgo de dormirme y ahogarme. Tuve que hacer verdaderos esfuerzos para no ceder al sopor. Clara y Ade jugaban a ponerse bajo el chorro a presión mientras yo me concentraba en mis pensamientos. El ruido del agua era un aislante perfecto.

A mi mente acudió Chicocafé y nuestra discusión en el restaurante. A pesar de los días ajetreados con los preparativos del viaje, en el fondo de mi estómago tenía reservado un lugar para el remordimiento. Me dediqué a repasar la escena unas cuantas veces para acabar reafirmándome en mi postura: su atrevimiento no había estado nada bien. Se había pasado. Sin embargo, por mucho que me jorobara reconocerlo, me molestaba aquel silencio. Desde que me había marchado, Chicocafé no me había vuelto a escribir una palabra.

Me sacudí de encima la melancolía convencida de que aquellos días fuera de Alemania me ayudarían a poner distancia con el asunto. Vi que Clara y Ade nadaban a mi encuentro. Se colocaron en los dos asientos de burbujas que había a mi lado.

—¿Tienes ganas de encontrarte con tu abuelo? —pregunté sonriente a la niña.

Ade asintió.

—Hace mucho que no lo veo. Espero que no esté muy enfadado conmigo.

—¿Por qué iba a estar enfadado? —pregunté alarmada.

—Por haberme marchado —respondió Ade—. Él no quería que me fuera. Discutió con Dete. Dijo que los alemanes eran cabezas cuadradas. Que no sería feliz sin ver el sol.

Me daba que el asunto era espinoso. Y puede que en condiciones normales hubiera detenido mi investigación en ese punto concreto. Pero sabía por el bien de Ade que yo debía conocer la versión larga de la historia. Podría servir de ayuda ante futuros problemas con Sesemann.

—Siempre es complicado para todos cuando pasan estas cosas —la consolé—. ¿Has hablado con él últimamente?

—No tiene teléfono —respondió ella—. Decía que era un gasto inútil. Lo quitó porque nunca llamaba nadie.

—Vaya… —resoplé.

Clara merodeaba por allí cerca. Estaba enterándose perfectamente de la conversación, pero sin la intención de interrumpir. Yo ignoraba si conocía todos estos detalles de la vida de Adelaida. Tal vez también era la primera vez que ella los escuchaba.

—Quiero que sepas que yo no me escapé —soltó Ade de repente.

—¿Cómo dices? —pregunté.

—El día que traje a Harpo a casa. Yo no quería marcharme.

—¿Ah, no?

Ella negó con la cabeza.

—Me fui porque necesitaba mandar al abuelo una carta.

—¿Una carta?

Ade asintió.

—Pero ¿tú sabes escribir? —pregunté atónita.

—No muy bien —respondió ella—. Le mandé uno de los dibujos que hice con Clara. Y tuve que salir un momento para buscar un buzón.

Aquella confesión acababa de dejarme helada. Así que Ade había salido de casa por un motivo muy concreto. Sin duda, uno muy lógico, a menos que no se tuvieran entrañas y corazón.

—¿Y los sellos? —pregunté embobada.

—Cogí un poco de dinero del bote de la alacena —respondió ella, algo avergonzada—. Estuvo mal. Pero un sello cuesta poco dinero. Y necesitaba mandar la carta.

Oír aquello me dio mucha lástima. Si lo hubiera sabido, yo misma le habría dado el dinero. Qué diablos, ¡le habría pagado hasta un telegrama! Me pareció de una bondad extrema que Ade hubiera confesado el tema del dinero. Por no hablar de la pericia de haber dado con aquella solución. Un diamante en bruto, en serio.

—Espero que la carta le haya llegado —Ade suspiró—. Y que se le haya pasado el enfado.

—Claro que sí —la consolé—. Debemos confiar en el sistema de correos. He leído que en España es muy bueno.

Ade sonrió. Inspiró aire con la boca y se sumergió dejando una estela interminable de burbujas.

Yo crucé mi mirada con la de Clara. Mi alumna levantó las cejas, se encogió de hombros y apretó los labios con complicidad.

—¿Tú lo sabías? —le pregunté.

Tras un par de segundos de vacilación, Clara asintió con la cabeza. Y pude detectar en su mirada que no me culpaba por mi ignorancia. Clara Sesemann se fijaba en más de lo que yo podía sospechar.

Nos encontramos en el vestíbulo del hotel para marcharnos juntos a la cena. El señor Sesemann había adaptado su vestuario con un atuendo de *sport* mientras que Dete había bajado enfundada en un vestido blanco muy elegante.

Nosotras solo nos habíamos retrasado un par de minutos. El culpable había sido el pelo de Ade, que se había disparado como un alambre por culpa de la humedad del ambiente.

—Quiero estar guapa para cuando me vea el abuelo —me había dicho con los rizos electrificados.

Yo me había empeñado en que fuera así realmente. Acompañé su vestido azul con un lazo a juego y lo coloqué para que los rizos no se le desmadraran mucho. Tras un cuarto de hora probando peinados, finalmente di con la clave. Ade sonrió satisfecha al ver su imagen en el espejo del baño.

—Estás guapísima —le certificó Clara.

Y Ade, satisfecha, se encaminó hacia el pasillo.

Me pregunté si su abuelo pensaría lo mismo al verla. Si la notaría muy cambiada. El vestido de Ade era bonito. Su tela era elegante, pero por desgracia no tapaba el saco de huesos en el que se había convertido. Recé por que la impresión de cara a aquel hombre fuera buena. Que su rencor no fuera tan evidente como para disgustar a la niña. Pero no tenía ni idea de cómo sería el dichoso abuelo ni con qué nos sorprendería. Por muy experta que fuera en fabulaciones, en aquel caso me fue imposible adivinarlo.

No tardé mucho tiempo en salir de dudas. Apenas llegamos al restaurante y, nada más cruzar el umbral, Ade soltó mi mano y echó a correr hacia una de las mesas del fondo. Agudicé la vista para distinguir lo que ocurría y descubrí a un hombre menudo y encorvado que se incorporaba y la recogía en sus brazos.

Lancé una mirada a Dete, que se había detenido ante la escena, al igual que el resto. El abuelo de Ade no paraba de besar los mofletes de la niña y de retirarla una y otra vez para comprobar su aspecto. Mientras paseaba sus ojos por cada una de sus extremidades echó un vistazo rápido a nuestro grupo. No detecté nada malintencionado en su mirada, hasta que esta se topó con la de Dete. Al notar aquella frialdad, la tía de Ade reaccionó algo incómoda, y echó a andar hacia la mesa, como si no hubiera sido la destinataria de aquel reproche camuflado.

—Venga, vamos a sentarnos —murmuró.

Clara también se acercó a la mesa y saludó al abuelo. El hombre la besó en las mejillas efusivamente y mi alumna se echó a reír. Después llegó mi turno. Aunque intenté darle la mano, el abuelo me estrechó en sus brazos, apretándome fuerte. A mi mente acudió la imagen del budista y sus palabras sobre los españoles y los abrazos. Me consolé con que aquel gesto era un ofrecimiento de amistad de los buenos.

La cosa fue distinta con Sesemann y Dete. El abuelo se dirigió a ellos, muy correcto, y estrechó la mano de ambos. En Alemania nadie habría catalogado ese gesto como alarmante, pero contrastaba con la efusividad con la que el hombre nos había recibido a nosotras segundos antes.

Una vez sentados, la sonrisa de Ade se transformó en algo espectacular. Parecía que hubiera ganado tres kilos de repente y mientras bromeaba con su abuelo me esforcé en entender lo que estaban diciendo.

—Anne está aprendiendo español. —Logré captar en una de sus frases.

Al escuchar aquello, el abuelo me miró, asombrado.

—¿Ah sí? —exclamó—. Qué sorpresa.

—Solo un poquito —le respondí muerta de la vergüenza—. Ade es muy buena maestra.

El hombre dijo algo demasiado rápido y Ade me lo tradujo enseguida.

—El abuelo dice que hablas bien. Que dentro de un mes seguro que lo haces mejor que él.

Me eché a reír y sonreí al hombre. Los dos sabíamos que el piropo no era cierto. Pero, tras aquel recibimiento tan cortés, qué menos que agradecerlo.

El camarero trajo las cartas y todos las abrimos, deseosos por degustar la comida. En España se cena tarde y Dete no había querido cambiar la rutina de horario del abuelo.

Sesemann oteó el menú de arriba abajo y se decantó por una paella para todos. A mi lado noté cómo el abuelo ponía cara extraña y farfullaba algo entre dientes.

—¿Qué dice? —le pregunté a Ade.

—El abuelo dice que la paella no se come por la noche. Que eso es de guiris.

—¿De «guiris»? —preguntó Clara—. ¿Qué es «guiris»?

—Pues los de fuera —respondió ella—. Llamamos así a los extranjeros.

Así que allí, sentados en esa mesa, teníamos un empate de españoles contra guiris. Miré el rostro del abuelo, aún contrariado con la elección del menú. Dete procuró suavizarlo y pidió unos mejillones y algo de pescado para probarlo.

—Están deliciosos —nos aclaró—. Los mejillones de esta zona son muy especiales.

Debían de serlo. Pues cuando el abuelo vio la fuente sobre la mesa, se le pasaron todos los males.

—Le encanta el pescado —me aclaró Ade—. El abuelo siempre fue pescador. Lo cocina estupendamente.

Clara confesó que a ella también le gustaba mucho. No parecía muy entusiasmada con la paella, así que prefirió probar solo una cucharada y dedicarse por completo a la fuente de Ade y del abuelo. Todos nos íbamos integrando bien durante la cena.

—Parece que está contento… —me susurró Dete mirando al abuelo de Ade—. Michael nos ha traído a uno de los mejores restaurantes del puerto.

Algo me decía que la calidad de la comida no era lo que más podía influir en el estado de humor del abuelo. De hecho, Dete había cantado victoria demasiado pronto. Cuando llegamos a los postres, el anciano dijo algo para toda la mesa y yo noté que la cara de Dete se ensombrecía de repente.

—El abuelo dice que debería dormir en su casa —me tradujo Ade al ver la reacción de su tía—. Que nada de hoteles.

Algo parecido había entendido yo, y por desgracia no iba desencaminada. El abuelo no entendía por qué su nieta tenía que dormir en un hotel a apenas ¿cien? (aún me lío con los números) metros de él. Argumentaba que en España tenía su propia casa.

Dete protestó. Un poco al principio y después enérgicamente. Y la cosa se puso peor al trazar los planes del día siguiente. Aprovechando aquella temperatura, tan extraña en diciembre, Sesemann había planeado una ruta en barco por la costa. No estaba muy dispuesto a dejar a Ade en tierra sin cuidadora. Yo noté cómo la vena del cuello del abuelo comenzaba a dilatarse con la discusión y al ver que Ade comenzaba a alarmarse, decidí hacer un alto el fuego que detuviera a las dos partes.

—Un momento —dije con mi caótico español—. ¿Es posible que yo lleve a Ade mañana a casa del abuelo?

Todos me miraron de repente: Ade, emocionada con la propuesta; el abuelo, sorprendido por mi frase (lo mismo, después de todo, mi español sí que es de película), y Sesemann sin entender una palabra de lo que acababa de decir. La única que se mostraba inalterable era Dete, que acababa de entender el fantástico hueso que yo acababa de lanzarle. Mi propuesta de negarme a la jornada de velero posibilitaría que tanto en alta mar como en tierra todos estuvieran contentos. Así que trasladó a Sesemann mi proposición.

Sorprendentemente, mi jefe estuvo de acuerdo. Aunque, para ser francos, no hubo que convencerle mucho. Me alegré de que mi plan liberador se hubiera camuflado tan estupendamente como un sacrificio. Prefería mil veces visitar la casa de Ade en España que la ruta guiada por Sesemann con la piel tiñéndoseme de color cangrejo.

Supe que había triunfado con la jugada, y cuando crucé la vista con los ojos de Dete, comprobé que ella también se había dado cuenta. No obstante, percibí un matiz sorprendente. Un atisbo de tristeza. Algo que me dijo que, si dependiera de ella, Dete también habría preferido pasar el día en tierra.

Ade estaba tan ansiosa por empezar la jornada que se despertó antes que nadie a la mañana siguiente. Apenas acababa de despuntar el día y ya nos estaba levantando para que fuéramos con ella al balcón de la *suite*.

A pesar de su efusividad, no me arrepentí en absoluto de hacerle caso. El amanecer en aquel lugar era bonito, sin duda. El sol pintaba la playa de tonos rosados, sorprendentes para un mes de diciembre.

Cuando terminamos de deleitarnos con el amanecer, regresamos al cuarto. Me di cuenta de que el vampiro había cambiado de ubicación. Ahora estaba junto a la ventana. La tarde anterior, Ade y yo nos habíamos hecho las remolonas en el *spa* mientras Clara acudía a la diálisis, así que no había tenido ocasión de presenciar el cambio de mobiliario. Clara me explicó que el enfermero había colocado ahí el vampiro para que ella pudiera ver el mar.

—Qué atentos estos españoles —comenté al enterarme—. ¿Era guapo?

—¿Quién?

—Pues quién va a ser, ¡el enfermero!
Clara se rio al escuchar mi comentario.
—Era muy educado.
Santo cielo. Qué chica. No había manera de que pensara más allá de lo que tenía programado. A veces me daban ganas de inyectarle adrenalina por la fístula.
—No te estoy preguntando eso —insistí—. ¡Te pregunto si te gustó el enfermero!
—¿Cómo me va a gustar un señor de sesenta años? —protestó ella—. Ya te he explicado que fue muy amable. Todo un profesional.
Qué bien. Al menos estábamos en buenas manos.
Clara se mostró de acuerdo. Estaba encantada con la profesionalidad y el trato. Me explicó que España era un país que presumía de tener muy buenos médicos.
—Dete dice que la sanidad de aquí es de las mejores —me explicó—. Sobre todo en tema de trasplantes.
—¿Ah, sí?
—Sí. Están a la cabeza de donaciones en el mundo.
Me asombró conocer ese dato. Y de repente una idea pueril cruzó mi cabeza.
—¿Y no podrías pedirles a los españoles que te regalen un riñón? Tú sueles venir aquí de vacaciones.
Clara se echó a reír.
—Eso no funciona así. Yo vivo en Alemania. Tengo que hacer uso de mi sistema de trasplantes. Además, en mi caso no es tan fácil encontrar riñones. Mi padre me habría donado uno, pero no somos compatibles. Ni él ni nadie de mi familia.
Me sorprendió ese dato. Siempre había pensado que los órganos que se trasplantaban provenían de personas muertas. Accidentes o cosas así (al menos eso es lo que me han enseña-

do todos los guionistas de telefilmes). De este otro modo, las posibilidades para los enfermos podían mejorar considerablemente, aunque, tal y como me confirmó Clara, no para cualquiera.

—Yo creía que tenías que esperar a que alguien se muriera —comenté.

—En mi caso, sí. Nadie es compatible —sentenció—. Esa es la única opción que me queda.

Tanta charla a primera hora de la mañana me había dado ganas de desayunar. Sesemann y Dete no habían dado aún señales de vida. Pero no hizo falta. Bajamos al restaurante y dimos buena cuenta de nuestro desayuno como reinas del bufé. Las especialidades de la cocina local estaban deliciosas. Costaba decantarse. Clara, en cambio, se despachó a gusto. Sobre todo con los dulces. Supuse que las vacaciones le iban a sentar divinamente.

Cuando terminamos de arrasar los platos del restaurante, dejamos a Clara en el vestíbulo esperando a Dete y a su padre. Tras asegurarme de que llevaba todo lo necesario para su jornada en alta mar, Ade y yo regresamos al cuarto encantadas con el día libre.

—Ya verás cómo te gusta el abuelo —me señaló la niña—. Tiene mucho carácter, pero trata muy bien a las visitas.

—Seguro que sí —le respondí con sinceridad. La cena me había mostrado un anciano libre de dobleces. Debía de haber sido duro para él dejar marchar a Ade a Alemania tras la muerte de sus padres. Pero, obviamente, guardé aquella reflexión para mí. No era plan de amargarle la ilusión a la niña.

Terminé con los preparativos y cerré la bolsa de playa. Estábamos a punto de marcharnos, cuando alguien llamó a la puerta del cuarto. Me pareció extraño que en un hotel de aquella categoría el servicio de habitaciones fuera tan indiscreto, y cuando estaba haciendo mis propias apuestas descubrí que en el pasillo se hallaba Clara con su equipo marinero.

—Me quedo —espetó ella, entrando por la puerta—. Mi padre y Dete ya se han marchado para el puerto.

—¿Y este cambio de planes? —pregunté.

—He preferido la playa —dijo ella—. En el barco me mareo.

No sé si estaba más sorprendida por la rapidez o por lo inesperado de su decisión. Clara deshizo la bolsa muy convencida y volvió a llenarla con lo que ella entendía que iba a ser necesario para su cambio de planes.

—Estoy lista —dijo tras los escasos dos minutos que tardó en hacer el cambio.

Yo no dije una palabra. Miré a Ade, que acababa de quedarse igual de intrigada con la visita sorpresa. De repente, Clara se revelaba como una adolescente desconocida. Decidí que lo mejor era dejarla tranquila. No indagar más. Que marchara a su aire. Y las tres nos encaminamos hacia el barrio de Ade. Un plan perfecto para distraer a niñas subversivas.

El Cabanyal era un barrio de la costa valenciana que se había mantenido en pie a pesar de la especulación urbanística. Según me enteré por Google, algunos políticos habían estado a punto derribarlo, pero el tesón de los vecinos había conseguido conservar sus construcciones antiguas de viejos pescadores. El abuelo vivía en una de ellas; la típica casa valenciana desde la que se podía oler el mar. Enfilamos una de las calles paralelas a la playa y avanzamos hasta una fachada humilde adornada con una preciosa puerta de madera.

Nada más llegar, pude percibir la sensación familiar que lo envolvía todo. El abuelo de Ade había dejado la puerta entornada, anticipándose a nuestra llegada. Solo tuvimos que empujarla y avisar de que ya estábamos allí. Tras perseguir a Ade, que correteaba por la casa buscando al abuelo, lo encontramos enfangado en la cocina mientras escuchaba la radio. El hombre canturreaba una vieja canción española hasta que, al notar nuestra presencia, se abrazó a nosotras como si fuera la primera vez que nos hubiera visto.

Clara sonrió ante aquel alarde de sentimientos. Se veía que estaba ansiosa por descubrir el hogar de Ade. He de confesar que a mí me pasaba lo mismo, aunque no me hizo falta mencionarlo. La niña se encargó de hacernos la visita turística por las diferentes habitaciones de la casa hasta desembocar en un maravilloso patio lleno de plantas.

—¡Son Blanquita y Diana! —gritó antes de echar a correr.

Yo busqué a mi alrededor algún animal que pudiera responder a aquellos nombres. Dos perros o tal vez dos gatos. Ade, sin embargo, acudió hacia una pequeña fuente donde descansaban plácidamente un par de tortugas enormes.

—¡Cómo han crecido! —exclamó antes de cogerlas y empezar a darles besitos.

Clara y yo nos miramos divertidas. Ninguna habríamos podido imaginar que el universo de Ade fuera tan estimulante. Cuando la niña tuvo a bien soltar a las tortugas, estas echaron a andar tranquilamente hacia lo que parecía su zona preferida de la fuente.

—Qué patio tan bonito —alabé—. Cuántas plantas.

Ade asintió, muy contenta. Nos cogió de la mano y nos acercó al muro del fondo.

—Escuchad —dijo con tono de misterio—. Si os calláis un rato, a veces se oye el mar.

Me hizo gracia aquella afirmación, pero pude comprobar que era cierta. La casa estaba tan próxima a la playa que el sonido de las gaviotas se colaba sobre los muros blancos del patio.

Al cabo de un rato, el abuelo apareció portando una bandeja llena de platos muy apetitosos.

—Vamos a tomar el almuerzo —señaló Ade—. Aún falta hasta la comida.

—¿Pero es que aquí no paráis de comer? —pregunté a Ade en alemán.

De repente me di cuenta de que el abuelo exigía enterarse. Supuse que no vería con buenos ojos mi falta de esfuerzo. Así que procuré facilitar la comunicación.

—Disculpe, ¿qué hay para comer? —pregunté con mi horroroso acento.

—Paella.

—¿Otra vez paella? —preguntó Clara, alarmada.

El abuelo pareció entenderla, pues hay expresiones que van más allá de las palabras. Se dirigió a la niña para responderla.

—Paella de la buena. La de verdad. No esa gorrinada para extranjeros.

Creo que logré entender lo fundamental del discurso del abuelo. Según él no había comida mejor que la que se hacía en casa, en su paellero. Para qué pagar en un restaurante cuando la comida era un asco. Era tirar el dinero.

Su tesón gastronómico me resultaba simpático. Por no hablar del entorno. Aquel patio rebosante de plantas se asemejaba a una mezcla de vergel y jardín botánico. Clara se quedó conforme con el asunto de la paella, así que no encontró impedimentos en disfrutar del lugar. Se plantó sobre una tumbona a recibir los rayos de ese sol, que parecía de verano.

Ade recuperó las tortugas y yo me quedé ayudando al abuelo. El hombre trasladó todos los ingredientes de la paella hasta la pequeña barbacoa del patio y los dispuso en orden, listo para cocinar.

—Parece todo un ritual —dije mientras le dejaba con su trabajo y me acercaba a Clara.

Mi alumna no estaba atendiendo. Había sacado su famosa carpeta malva del bolso y en esos momento escribía algo en ella. Puede que quisiera aprovechar que cada uno estábamos a lo nuestro. Sin embargo, al notar mi presencia, se detuvo en lo que estaba haciendo y cerró la carpeta de golpe. Me sorprendió aquella reacción totalmente involuntaria. Clara me miraba fijamente, consciente de que yo la había descubierto.

—¿Qué tienes ahí? —pregunté.
—Nada.

Me eché a reír. Era curioso que con toda su madurez Clara tuviera aquella reacción tan infantil. Coloqué los brazos en jarra y le devolví la mirada.

—Pero, bueno, ¿te crees que soy tonta? ¿Vas a enseñármelo o no?

He de confesar que durante aquellas semanas había disfrutado fabulando con lo que Clara se empeñaba en ocultar. ¿Qué podría ser? ¿Un diario secreto? ¿Un mensaje de la CIA? ¿La fórmula de la Coca-Cola? Aparentemente solo se trataba de una carpeta, pero la agarraba como si le fuera la vida en ella.

Su silencio no duró demasiado, lo justo hasta darse cuenta de que el secreto no daba para más. Resopló antes de sacudir la cabeza y ceder a mi curiosidad. Abrió la carpeta y miró hacia otro lado, consciente de que yo había vencido.

—Pero, Clara…, esto es… ¡increíble!

Vaya que si lo era. El interior de la carpeta cobijaba un buen puñado de hojas de papel pautado, rebosantes de notas musicales. Había letras y melodías por todas partes. Un caos perfectamente orquestado.

Se trataba de una obra ambiciosa, no cabía duda. Aunque no me dio tiempo a adivinar el género. Apenas unos segundos más tarde, Clara cerró la carpeta impidiendo que saciara mi curiosidad.

—¡Eh! —protesté indignada.

—Está sin acabar —zanjó ella—. No quiero que nadie vea mi trabajo.

Daba igual. Había atisbado lo suficiente como para ver que estaba ante un absoluto prodigio. Solo el valor de enfangarse en algo así requería bastante mérito. No quería ni pensar en lo que Clara sería capaz con un poco más de tiempo y los profesores adecuados. Me sentí realmente estúpida por haberme dado cuenta tan tarde. ¿En qué rayos había estado pensando?

—¿Cómo es posible que estés componiendo y yo no me haya enterado? —protesté.

—¡Chis! ¡Baja la voz!

—¿Qué más da? ¡Si aquí nadie me entiende!

—Bueno, vale, pero no quiero que grites esto a pleno pulmón.

—¿El qué? ¿Que eres la nueva Mozart?

—No, por favor. Solo hago esto para entretenerme.

—¿Ah, sí? ¿Y por qué no me has dicho nada?

—Porque sabía que te emocionarías demasiado.

¿Era posible que hubiera dicho eso? ¿Que no quisiera emocionarse? Sus palabras acababan de dejarme tan helada como la sangre de aquellas dos tortugas. ¿Dónde se habían quedado mis enseñanzas? ¿En el cubo de la basura de Alemania? Aquella estúpida actitud de caparazón requería el protocolo de emergencia. Anne Rottenmeier al rescate. Lista para la acción:

—¿Te has planteado especializarte?
—¿Lo ves? ¡Sabía que dirías algo parecido!
—¡¿Por qué?!
—Porque te conozco, Anne.
El duelo de espadachines cada vez estaba más igualado. Clara acababa de atestarme un buen contraataque. Yo agarré mi florete y volví a intentarlo.
—Vale. Te gusta componer, ¿y qué? ¿Qué tiene de malo?
—¿Vas a explicárselo tú a mi padre?
—¿El qué?
—Que prefiero la música a ser arquitecta. Que me importa un rábano seguir su linaje. ¿Crees en serio que lo va a entender?

Una corriente de desazón recorrió mi cuerpo. Clara prefería reprimir sus sueños a hacer lo que más le gustaba. Me pareció una actitud tan derrotista que me negué a aceptarla.

—Si no quieres contradecir a tu padre, respóndeme a una cosa —le reté—: ¿por qué, a pesar de todo, estás componiendo esto?, ¿y por qué hoy le has llevado la contraria y te has quedado con nosotras en tierra? Las dos sabemos que no te entusiasma la paella.

Clara no respondió. Inspiró profundamente y guardó la carpeta en el bolso. Después se levantó de la tumbona y fue a ver lo que hacía el abuelo.

Se trataba de una maniobra de evasión, estaba claro. Era evidente que la paella no le interesaba lo más mínimo. Pero hacía bien en mascar sus pensamientos al mismo tiempo que se doraban los ingredientes. A veces con las personas, al igual que en la cocina, es necesario manejar bien los tiempos.

Pasamos un día tan agradable que me alegré muchísimo de haber acompañado a Ade a casa del abuelo. La niña estaba contenta. Ya fuera pelando las judías junto a su abuelo, quitando las hojas secas de las macetas del patio o fabricando barquitos de papel con las servilletas, afrontaba cada una de las tareas con una sonrisa de oreja a oreja. Por primera vez desde que la conocía, supe que era completamente feliz.

En contra de lo esperado, Clara superó muy pronto su enfado y venció sus remilgos iniciales: probó la paella casera cuando nos sentamos a comerla. Admitió que estaba muy buena y recompensó al abuelo de Ade repitiendo con otro plato.

La tranquilidad sumada al buen tiempo me hizo pensar que a Clara también le estaba sentando bien aquella temporada lejos del frío. Mientras la observaba durante la comida, llegué a la conclusión de que yo había sido la estúpida. ¿Cómo podía haber ignorado el secreto que escondía? El piano, las sesiones de trabajo sola en su habitación, las películas de musicales…, era evidente que Clara tenía alma de compositora. Me sentí muy estúpida por no haber sabido unir todas esas piezas. No era digno de alguien que cree ciegamente en las señales.

Me dije que, por fortuna, no era demasiado tarde. Clara comenzaba a mostrar algunos brotes de esa rebeldía que tanto le hacía falta. Aquella mañana, sin ir más lejos, la había sorprendido pintándose las uñas con uno de mis esmaltes. Algo impensable hacía un par de meses y todo un reto para su estética.

Es cierto que echar mano de un esmalte de uñas no es de una contundencia abismal. Pero me gustó advertir aquel tipo de grietas. Confié en que su redención fuera cuestión de tiempo. Clara era consciente, más que nadie en su familia, de la rotundidad de las decisiones de su padre.

No quise presionarla, así que evité mencionar lo de sus aspiraciones musicales. Gracias a eso, mi alumna consiguió relajarse, hasta pronunció algunas palabras en español con ayuda de Ade. Incluso para despedirse seguía practicando.

Yo, por mi parte, prometí al abuelo que llevaría a Ade al día siguiente:

—Volveremos por la mañana —anuncié—. Palabra de guiri.

El abuelo se rio ante mi ocurrencia, y se despidió de muy buen humor, tal y como yo había pretendido. Le di las gracias por aquel día tan agradable.

De vuelta en el hotel, la energía positiva se disolvió de repente. Era como si hubiéramos atravesado una cortina de negatividad nada más cruzar el vestíbulo. Aquella sensación de inquietud me resultaba familiar. Podía identificarla. Era exactamente la misma que el día del hospital y el guacamole.

Antes de valorar si meterme a vidente o en un manicomio, repasé en mi cabeza todo lo que Clara había comido durante el día. El resultado era favorable: no localicé ni un solo ingrediente que justificara ese sentimiento.

Sin embargo, cuando casi alcanzábamos el ascensor, el brazo contundente de Sesemann me hizo comprobar que yo llevaba razón. Acababa de vernos desde el bar y nos asaltó antes de que tuviéramos capacidad de reaccionar.

—Tengo que hablar contigo —dijo agarrando el codo de su hija.

Me di cuenta de que la diana en aquella ocasión no era yo, sino Clara. Al parecer, Sesemann había encajado mal que su hija se tomara el día libre de él y de su compañera.

—Quiero subir a ducharme. —Clara respondió evasiva.

—De acuerdo —claudicó él—. Ya hablaremos en la cena. Solo espero que la próxima vez que hagamos planes, los respetes.

Parecía que a Sesemann le importaba un pimiento que Ade y yo estuviéramos delante. Yo recé por que su hija estuviese a la altura de la situación y no montara una escena. Evidentemente, conocía bien a Clara Sesemann. Mi alumna vio que el ascensor acababa de abrirse ante nosotras y aprovechó el bote salvavidas para colarse dentro. Yo supe que su reacción no había hecho sino aplazar el lanzamiento. El misil iba a rozarnos más pronto que tarde. Y como la voz de la experiencia siempre tiende a materializarse, solo tuvimos que esperar hasta la hora de la cena.

Una vez en el restaurante, Sesemann se mostró extremadamente rígido. Estaba seco y muy irritable. Dete pidió unas raciones para compartir y sirvió a las niñas un poco en cada plato. Al ver su iniciativa, Sesemann protestó diciendo que para eso estaba la niñera (o sea, yo).

Me quedé paralizada al escuchar el comentario. Me aterraba que la actitud agria de Sesemann me escogiera como cabeza de turco. Era evidente que el enfado venía ya de antes.

—Mañana nos iremos todos en el barco. Todos, sin faltar uno solo. Y no hay más que hablar.

—Pero…

Ade empezó su frase, aunque, al detectar la mirada que su tía y yo le lanzamos, prefirió cerrar la boca.

—Michael, Ade ha venido para estar con su abuelo —intervino Dete.

—Sí, parece que esa es la excusa perfecta para escabullirse —protestó Sesemann—. Hemos venido para seguir el plan de nuestras vacaciones. Se hará lo que yo diga.

Nadie osó contradecir al macho alfa. Engullimos nuestra ensalada intentando pasar desapercibidas ante aquel derroche de buen rollo. Dete, sin embargo, hizo un último intento por mejorar la situación.

—¿Qué os apetece para la cena de Nochebuena? —dijo obligándose a sonreír—. Conozco un sitio estupendo en el centro. ¿Queréis que reserve?

Clara y Ade asintieron, contentas. Mientras masticaba, Sesemann hizo un gesto que se interpretaba como a favor.

—Tía Dete, ¿podemos invitar al abuelo? —preguntó Ade.

Sesemann no permitió que Dete diera una respuesta. Se adelantó a ella y posó sus ojos en Ade.

—Ya veremos.

No fue la respuesta, sino el tono, lo que me puso del revés. Estaba claro que Sesemann no pretendía incluir al abuelo en sus planes navideños.

—¿Pretendes que el abuelo de Ade pase la Nochebuena sin cenar con ella? —protestó Dete tras un silencio incómodo.

—¿Por qué no? Ya podrá verla al día siguiente.

—Me parece que no sabes cómo funcionan aquí las cosas, Michael. Me parecería una descortesía por nuestra parte.

Sesemann apoyó el puño en la mesa y las copas vibraron.

—Estoy harto de las apariencias y las cortesías. Solo pretendo pasar la Nochebuena en paz. En familia. Sin extraños.

—¿Ah, sí? ¿Y eso desde cuándo? —preguntó Clara de repente.

Siempre he afirmado que cuando alguien dice algo inoportuno en la mesa, inmediatamente después se oye un tenedor cayendo sobre el plato. Funciona así: cuanto más bestia es el comentario, más tenedores se escuchan. Clara había soltado su protesta tras un largo rato mirando el vaso de agua. En un primer momento, yo había creído que hacía eso para evadirse del mal ambiente, pero al parecer, había estado rumiando su futura intervención. Y acabábamos de presenciar el desenlace: las palabras de Clara tuvieron el efecto de un obús sobre la mesa.

—¿Qué acabas de decir? —preguntó Sesemann, que sorprendentemente aún no había dejado caer su tenedor.

—Siempre estás trabajando —Clara siguió adelante—. Nunca hay tiempo para nosotras. Solo en las comidas de los sábados. Y ahora de repente te empeñas en estar con Ade. ¡Pero si desde que llegó a casa no le has hecho ni caso!

Si aquello hubiera sido la guerra de Vietnam, no habría dudado en gritar «cuerpo a tierra». La vena del cuello de Sesemann empezó a hincharse, tanto que temí que de un momento a otro reventara y pusiera todo perdido de sangre.

Me pareció que Clara no era aún consciente de hasta dónde se podía llegar con un brote de rebeldía adolescente. Estaba haciendo una entrada por todo lo alto. Parecía un japonés kamikaze.

—¡Trabajo para que puedas tener todo lo que tienes! —respondió Sesemann, hecho una hidra—. No sé si te has dado cuenta, pero una hija enferma no son más que gastos y preocupaciones.

Esta vez, Clara guardó silencio.

—¡Y no consiento que me faltes al respeto! —remató—. ¡Eres una desconsiderada, Clara!

—Michael, cálmate, por favor —murmuró Dete—. No montes una escena.

—No, Dete. ¡Ahora no! Esto es entre mi hija y yo. Tú aquí no pintas nada.

No sé si Sesemann fue consciente de lo que acababa de decir, pero, por desgracia, ya estaba dicho. El rostro de Dete se contrajo, tratando de evitar lo inevitable. Sesemann la miró, desconcertado, aunque sin capacidad de entender nada. Entonces Dete bajó la mirada, retiró la silla y se levantó, abandonando la mesa con urgencia. Y mientras lo hacía, su tenedor, que no había dicho ni mu hasta aquel momento, se resbaló y fue a estamparse contra el suelo, donde resonó dramáticamente.

Capítulo 11

De: Budista Bondadoso
Para: Anne Rottenmeier
Asunto: ¡Gracias!

¡Anne! ¡Muchas gracias por tu postal! La recibimos rapidísimo. ¡Qué eficiencia de servicio de correos! Leyéndola veo que ya has alcanzado un buen nivel de español. ¡¿De verdad has escrito eso tú sola?! No te preocupes por los libros. Te los regalo. Tal vez quieras repasar algo en el futuro. Prefiero no creerme que poseo demasiadas cosas, ¿sabes? En la vida no somos dueños. Solo estamos de paso.

Navidad también te manda muchos besos. La tengo aquí a mi lado. Creo que te echa de menos ;)

Un gran abrazo y ¡feliz Nochebuena!

Es que era para quererlo. Tras leer el *email* de Budista me di cuenta de que, sin pretenderlo, se había convertido en un buen amigo. Tal vez fuera el que mejor me había comprendido durante todo ese tiempo.

Me vino bien que Budista me escribiera, pues, tras la cena del horror, las vacaciones se habían convertido en un desfile de caras largas. Dete con Sesemann. Sesemann con Clara. Y de rebote, Ade, que sufría las consecuencias de tanta incomunicación.

Por fortuna, al día siguiente de la bronca, el plan de alta mar quedó suspendido. Me alegré de que así fuera (yo creo que todas lo hicimos). Pasar el día entero en un barco junto a Sesemann podía acabar con alguien saltando por la borda. Bien mirado, era una ventaja que nos alojáramos en plantas diferentes. Nos ahorrábamos cruzarnos con él y sus cambios de humor.

Así los días se sucedieron y las aguas empezaron a serenarse. No así para Dete, que se quedaba recluida en su cuarto mientras Sesemann se marchaba a pasar el día en el barco. Por eso me sorprendió verla junto a la piscina una mañana que bajé a cotillear por el complejo. Clara en aquel momento estaba con la diálisis y Ade pasaba el día con su abuelo. Me había empeñado en que la niña aprovechara los días al máximo. La Nochebuena se acercaba peligrosamente y no estaba tan segura de que el abuelo fuera a ser finalmente invitado.

Me aproximé a la zona del solárium y me fijé en Dete. Había orientado una de las tumbonas hacia el pálido sol invernal que, aunque débil, seguía siendo agradable. Se había descalzado y lucía unas enormes gafas de sol que intentaban ocultar sus días de disgusto.

Decidí sentarme junto a ella. No la había visto en varios días y el *email* de Budista de aquella mañana me había subido la moral. Aún conservaba su aura agradable. Tal vez fuera capaz de transmitírsela.

—¿Quieres un café? —pregunté como excusa para iniciar una conversación—. Los que hacen aquí son increíbles.

No estaba mintiendo. Ignoraba qué fórmula mágica empleaban en ese país, pero su cafeína era de efecto inmediato.

Dete me señaló una taza vacía en la mesilla de al lado. Chica lista. Conocía perfectamente los manjares de su tierra.

—Perdona por no haber aparecido antes —se disculpó—. No estaba de humor para bajar.

Acababa de abordar el tema directamente. Muy al estilo alemán. Para qué andarse con rodeos cuando su ausencia había sido más que evidente.

—Bueno, no te preocupes. Si no te encontrabas bien…, es normal.

Dete asintió.

—Siéntate aquí si quieres —dijo señalando la tumbona de al lado—. ¿Te apetece tomar algo? Yo invito.

No hacía falta un título en psicología para detectar que quería desahogarse. Era como los típicos deprimidos de bar, que te invitan a una ronda con tal de que escuches sus penas. Algo parecido a lo mío con Chicocafé solo que a plena luz del día.

Tomé asiento y pedí una limonada al camarero. Era consciente de que otro de aquellos cafés habría sido jugar con fuego. Tal vez no aguantara la conversación entera sin correr hacia el baño.

Mi consumición llegó de inmediato, al igual que las palabras de Dete. Apenas cinco minutos después, ya estaba mostrándome sus adentros con todo lujo de detalles:

—A veces me pregunto si hice lo correcto con Adelaida —confesaba—. Mi intención ha sido hacer siempre lo mejor para ella. El problema es que todo el mundo me dice lo contrario.

—¿Quiénes?

—Pues Michael, el abuelo de Ade… Todos opinan cosas distintas.

—Bueno, por Michael no te preocupes —sugerí—. Supongo que está mosqueado porque este no era su plan de vacaciones. Ya se le pasará.

Ella negó con la cabeza.

—No lo sé. Me llevé a Ade a Alemania porque quería darle una buena educación; todo lo que mi hermana no pudo darle. Que tuviera un futuro, una familia… Pero me da que Michael no está por la labor.

—¿Tú crees? —pregunté—. El otro día quería hacer planes todos juntos.

Dete se giró hacia mí. Su expresión era dura. Y encaró por primera vez la realidad de su situación.

—Para él su familia es su hija. No yo —espetó—. Ya lo oíste el otro día. Llevamos cinco años juntos y ni por asomo se le ocurre formalizar nada conmigo. Creo que no me considera la persona adecuada.

Por desgracia, aquel tema me sonaba. Tenía el mismo olor que la insolencia de Friedrich. Varios meses de desplantes hasta que conseguí arrancarle la dichosa frase de «No eres suficiente para mí». Directa a la autoestima. Como un hachazo en los ligamentos. Me había costado otra tanda de meses cauterizar la herida. Por eso sabía detectar el olor a formol al menor atisbo.

—Si es así y lo vuestro no tiene futuro… —me aventuré—. ¿Crees que es mejor seguir adelante?

Sabía que me adentraba en terreno pantanoso. Y era todo un atrevimiento, ya que estaba ante alguien mayor que yo. Sin embargo, pensé que aquellos meses de dolor de rodillas y de intentos por ponerme en pie se habían transformado en un escudo perfecto ante futuras relaciones. ¿Por qué no compartir un poco de mi sabiduría? Al oír mi pregunta, Dete chascó la lengua. Le había dado justo en la yugular. Donde más sangraba. Mientras buscaba las palabras para responderme, agachó la cabeza.

—Yo... yo no puedo dejarlo. Me siento atada a él. Una lágrima apareció por debajo de sus gafas de sol y fue directa a su garganta. Ni siquiera se molestó en secarla.

—Michael ha sido el centro de toda mi vida —continuó—. Desde que llegué a Alemania, él ha estado presente. Todos nuestros amigos son comunes. No podría imaginarme la vida sin él.

—No me interpretes mal, ¿vale? —intervine—. Aunque no lo creas, también me he visto en la misma situación que tú.

Por desgracia, era cierto. Y recordé el consejo que mi hermana me había dado cuando estaba tan ciega que no veía salida a mi situación. Pensé que era un buen momento para transmitirle sus palabras a Dete. Marchando una de consejo estrella de los de Charlotte.

—Tan solo piensa una cosa —concluí—. ¿Crees que él opina lo mismo de vuestra relación? Es decir, ¿crees que él podría imaginarse la vida sin ti?

Dete guardó silencio. Apretó los labios y suspiró. Decidí detener la conversación en ese punto. Puede que con ese consejo hubiera puesto en juego mi puesto de trabajo y hasta mi billete de vuelta a Frankfurt, pero no podía morderme más la lengua ante una ceguera de tal calibre.

Los ciegos que recuperamos la visión deberíamos obligarnos de por vida a guiar a otros invidentes. Debería instaurarse como un sistema de solidaridad universal. Algo así como el de los trasplantes. El problema era que en aquella ocasión me parecía más fácil que Clara encontrara un riñón a que Dete se desligara de la influencia de Sesemann. Es lo que tiene la ceguera, que en muchos casos parece irreversible.

Casi como si fuera un designio de la providencia, cuando llegué a mi cuarto y encendí el ordenador, descubrí un *email* de Chicocafé esperándome en la bandeja de entrada. Era curioso que, tras haberme enfangado en consejos sentimentales, el destino me contraatacara con mi propio conflicto en las narices. Sin embargo, después de leer el *email* supe que la rendición era clara y contundente. El texto era estupendo. Al igual que él.

De: Chicocafé
Para: Anne Rottenmeier
Asunto: Señales

No me has escrito en todo este tiempo: señal de que sigues enfadada.

He tirado tres cafés sobre cuatro clientes esta semana: señal de que no doy pie con bola.

A veces miro mi teléfono con la esperanza de saber de ti: señal de que lo lamento.

He pensado que tenías razón en tus argumentos y que me pasé un poco agobiándote tanto. Como comprenderás, esto es una señal inmensa de que quiero hacer las paces.

¿Qué te parece? ¿Hay acuerdo?

Si es que sí, responde o dame una señal (aunque sea de humo).

Chicocafé

Una dulce sensación de cobijo destensó la angustia que soportaba desde hacía días. Tanto que me costó muchísimo no darle inmediatamente a responder.

Me habría lanzado a contarle que el café de España era lo mejor que había probado en mi vida, que Clara me había dado una sorpresa maravillosa y que llevaba un poco de razón (solo un poco) en lo de mi trabajo. Pero se suponía que seguía enfadada. Una respuesta tan efusiva habría quedado un poco extraña.

De todas maneras, tras presenciar la basura de relación que tenía Dete, me dije que los roces que hubiera tenido con mi ligue cafetero tampoco eran para exagerar. No hay nada como presenciar situaciones graves para restarle importancia a tus propios dramas. Así que acordé conmigo misma responderle reposadamente un poco más tarde. Cuando se me hubiera pasado la emoción.

Sin embargo, eso no significaba que no pudiera disfrutar de aquel regusto edulcorado. Tras asegurarme de que Clara estaba tranquila recibiendo su diálisis, me colgué el bolso al hombro y decidí hacer una visita a la casa del abuelo. Aquellas novedades merecían un paseo por todo lo alto.

Cuando llegué a la casa y Ade me abrió a la puerta, se mostró un poco inquieta al verme aparecer tan pronto. Me apresuré a sacarla del error. No pretendía llevármela al hotel en ese momento. Tan solo iba en busca de consejo. Me apetecía dar una vuelta por el centro de Valencia.

Ade me hizo pasar y me llevó al encuentro del abuelo. Le explicó mi plan de la tarde turística y el hombre se mostró muy a favor.

—¿Quieres que te acompañemos? —preguntó la niña.

—No quiero molestar —respondí—. Tal vez vosotros tengáis otros planes.

—¡Qué va! —respondió ella—. Podemos llevarte a merendar. ¿Te gusta la horchata?

—No lo sé. —Me encogí de hombros—. Nunca la he probado.

—¡Pues te llevamos!

Y corrió a buscar sus gafas de sol.

—¡En español, por favor! —protestó el abuelo al verla desaparecer—. Esta niña no aprende... ¡La guiri tiene que practicar!

—Y usted entenderme —respondí, solidarizándome con el abuelo.

—Eso es.

A pesar de que me daba un poco de apuro charlar con él, había algo afable en el abuelo. No parecía el tipo de persona autoritaria que se cierra en banda ante cualquier sugerencia.

Básicamente lo contrario que Sesemann.

Como la espera de Ade nos había obligado a un silencio algo incómodo, me apresuré a romperlo con un comentario práctico.

—¿Ha pensado en instalar una línea de Internet? —dije como quien no quiere la cosa—. Seguro que a Ade le vendría muy bien. Casi sabe escribir.

El abuelo sacudió la cabeza.

—Ya estáis todos con lo mismo —musitó—. El chaval del hogar del pensionista también está empeñado. Yo no entiendo de esas cosas. Estoy bien así.

—Pero piense que con Internet podrá comunicarse con ella —insistí—. Podrían estar en contacto.

—No quiero contentarme con eso —respondió él—. Por culpa de todos esos cacharros, la gente ya no llama ni se visita. Los llaman avances y no son más que atrasos. Yo creo que los carga el diablo.

Visto así era difícil de rebatir. El abuelo llevaba algo de razón en su argumento. Seguramente no quería que la excusa de una llamada telefónica retrasara la posibilidad de ver a su nieta. Aunque las cosas en el hogar Sesemann eran un poco más complicadas que eso.

De repente algo llamó mi atención en la pared del comedor. Se trataba de un folio desdoblado que el abuelo había encajado en el marco de uno de los cuadros. Me acerqué para echarle un vistazo. En el papel se distinguía el dibujo infantil coloreado en tonos muy vivos. Tenía la palabra «LEÓN» escrita sobre él.

—¡Así que llegó la carta! —exclamé.

El hombre se giró y, al ver los trazos de Ade pegados en el cuadro, sonrió.

—Claro que sí. El amor llega siempre.

Si hubiera sabido que el centro de Valencia era tan bonito, no habría tardado tantos días en visitarlo. El abuelo nos llevó por todos los recovecos. No hay nada como visitar una ciudad mientras te dejas guiar por uno de sus indígenas. Te aseguras de que el paseo sea un éxito.

De las decenas de establecimientos en los que yo habría entrado sin dudarlo, el abuelo seleccionó los que verdaderamente merecían la pena. Así ahorramos tiempo y mis compras fueron muy provechosas. Como solía ser habitual, apenas llevábamos un rato caminando y el abuelo nos invitó a merendar. Tal vez aquella fuera la explicación de que hubiera tantos establecimientos a la redonda. Si todo el mundo va parándose cada poco a «tomar algo», son necesarios muchos bares que sirvan a tanta gente. Es una certeza matemática.

Nos sentamos en una terraza casi al mismo tiempo que una camarera salía a atendernos. Ni siquiera miramos la carta. El abuelo sabía lo que había que tomar.

—Prueba la horchata —me aconsejó—. La que preparan aquí es muy buena. Ya verás como te gusta.

Jamás me habría atrevido a contradecirlo. Hasta el momento, el abuelo había demostrado llevar razón el cien por cien de las veces. No solo respecto a lo que metíamos en el estómago, sino con todo lo demás.

Tras un rato observando las risas de Ade, llegué a la conclusión de que la niña jamás debería haber salido de su casa. Ignoraba qué tipo de educación podría compensar aquella sonrisa. Pero una cosa me había quedado clara: su lugar no estaba en Alemania. Dete también lo sabía. Había quedado constatado en la conversación de aquella mañana. Aunque una cosa era que se dignara a reconocerlo y otra que diera su brazo a torcer.

—He hablado con Dete hoy —me informó precisamente el abuelo—. Llamó a la casa del vecino. Fue justo antes de venir tú. Está empeñada en que vaya a cenar con vosotros mañana.

Levanté las cejas mientras sorbía mi horchata. Al parecer las cosas habían evolucionado bastante desde que había dejado a Dete en su tumbona.

—¿Y usted vendrá? —pregunté.

—Aún no lo he decidido —respondió el abuelo—. No voy a engañarte. Pasar la Nochebuena con ese alemán no me apetece un pimiento.

No era el único. Aunque, al menos, él tenía la oportunidad de librarse. Tras su comentario, el abuelo se me había quedado mirando a los ojos directamente. Yo ignoraba si pedía consejo o si calibraba mi nivel de cercanía con mi jefe. Evidentemente, me apresuré a aclararle la situación de la manera más elegante que encontré.

—No todos somos como Sesemann.

El abuelo asintió.

—Ya lo sé. Tú eres una guiri de las buenas. Me ha gustado conocerte. Me tranquiliza saber que cuidarás bien de mi nieta.

Recordé de inmediato las palabras de Chicocafé y sus consejos de que no todo es para siempre. Sabía que llegaría el momento en el que pasara página con aquel trabajo. Tanta quemazón con Sesemann estaba pasándome factura. Tendría que empezar a planteármelo en cuanto regresara a Frankfurt y encontrara un profesor de chelo. Pero me partía el alma pensar en ello y dejar atrás a Clara y a Ade.

—Mi jefe no es malo —comenté sinceramente—. Solo tiene mal carácter.

—Es un gilipollas.

Me dio la impresión de que aquello era un taco. Así que consideré su frase con el mismo rango dentro de mi proceso de aprendizaje. Me apresuré a apuntarla en mi libreta. Nunca se sabe.

Capítulo 12

De: Anne Rottenmeier
Para: Chicocafé
Asunto: Re: Señales

Veo que los días de castigo te han sentado bien.
Tranquilo, he estado más atareada que enfadada.
Aunque, ahora que lo dices...
Bueno, venga. Para qué más rodeos. Reconozco que llevabas razón en una cosa: mi jefe es tan idiota que no estoy dispuesta a soportarlo por mucho más tiempo.
Ayer fui plenamente consciente de ello. Sé que estoy llegando al final de una etapa y que dentro de poco tendrá que cerrarse. Aunque intento no pensarlo por Clara. Alucinarías con lo que ha cambiado en estas vacaciones. Siento que es un pájaro que querría volar, pero que aún se ve con las alas atadas.
Vaya. Creo que me he puesto demasiado sentimental.
Lo sé cuando me vuelvo metafórica. No me lo tengas en cuenta, ¿vale?
P. D.: Ah, no te lo he dicho, pero estoy en España (puede que eso explique mi sentimentalismo).

P. D. 2: Dame tu dirección y te envío una postal.

Abrazos (¿besos?),

Anne

Le di al botón de enviar plenamente convencida. Tras releer lo que había escrito, supe que Chicocafé se merecía aquel correo. Había empleado la noche en redactar nueve tipos de *email*. Casi una decena de formas de darle la vuelta a la tortilla. Pero al final todo fue inútil. Al día siguiente, cuando me senté frente al ordenador, acabé convenciéndome de que lo mejor era improvisar mi carta. Tanto argumento luchando por imponerse me había dejado agotada. Y supe que lo mejor era ser sincera. Chicocafé había sido muy intenso la última vez que nos vimos, pero algo me decía que podía ser ese tipo de persona que nos hartamos de buscar. La antítesis de Friedrich. Decidí darle algo de cancha para variar.

Puede que también fuera por culpa de la Nochebuena. La celebración tendría lugar aquella noche y para mí siempre cierra una etapa. Como nada me aseguraba que durante la cena la cosa fuera bien, decidí dejar arreglados mis asuntos pendientes. Por si a Sesemann se le iba la cabeza y acababa sacando la recortada. Hasta habría redactado mi testamento si hubiera tenido un notario cerca.

Me sentí tan satisfecha tras enviar el *email* que ni siquiera me quedé esperando la respuesta. Apagué el ordenador y me largué a acompañar a Clara y a Ade. Habían planeado dar un paseo por la playa antes de la cena. Un plan inmejorable.

Cuando bajé al vestíbulo, las dos me estaban esperando.

—Llegas tarde —me regañó Clara, dando unos toquecitos en el reloj.

—Es que estaba liada con un correo importante —me disculpé—. De todas maneras, no entiendo la prisa. Aún queda un rato para marcharnos.

—Te equivocas —respondió ella—. Hemos quedado con el abuelo dentro de una hora en la puerta del hotel. Vámonos ya o el paseo será muy corto.

Me sentí como si yo fuera la alumna y ella la cuidadora. Clara asumía el rango de sargento. Me dije que no estaba mal que exhibiera un poco de carácter, aunque fuera en mi contra.

Salimos por la zona privada del hotel y fuimos caminando a lo largo del paseo marítimo. Al poco rato nos sobraba la mitad de la ropa.

—Tengo calor —protestó Ade desabrochándose el abrigo.

—Es el cambio climático —expliqué—. Por culpa del ser humano, el mundo se vuelve loco. Mi hermana está empeñada en que vayamos a Venecia. Asegura que desaparecerá en cinco años y que tenemos que darnos prisa.

—¿Ah, sí? —preguntó Ade—. ¿Y por qué desaparecerá?

—Porque los polos se derretirán y se llenará todo de agua —respondí—. De todas maneras, no creo que sea tan pronto. Mi hermana es un poco exagerada. Aunque está claro que lleva razón.

—No sabía que tuvieras una hermana —comentó Clara.

—Bueno, en realidad tengo dos.

—¡Qué suerte! —exclamó Ade.

Durante muchos años lo había considerado como todo lo contrario. Ser la pequeña tiene muchas desventajas. Heredas ropa de tercera mano, eres la última para todo y tus opiniones jamás son tenidas en cuenta. Aunque la cosa cambia cuando se crece y, contigo, tus problemas.

—Pues a mí me habría gustado tener dos hermanas —respondió Ade cuando se lo expliqué—. Me habría dado igual heredar cosas o que me chincharan.

—Supongo que sí —claudiqué—. Nadie está a gusto con lo que le toca. Pasa lo mismo que con el pelo liso o con el pelo rizado. Siempre quieres el que no tienes.

Ade asintió. El ejemplo le había valido para entenderlo perfectamente. Clara en cambio no respondió. Hacía un buen rato que estaba en silencio. Y empecé a preocuparme cuando reparé en ella y su aspecto.

—Clara, ¿te encuentras bien?

—Sí, sí… —respondió ella—. Solo estoy un poco mareada.

—¿Seguro? Si quieres, podemos parar y sentarnos en ese banco.

Tras un par de segundos de vacilación, Clara claudicó y decidió sentarse. Yo empecé a inquietarme. No había llevado nada para darle de beber y ella cada vez estaba más pálida. Ade se sentó a su lado y empezó a abanicarla con mi bolso mientras yo miraba el trayecto que habíamos recorrido, que era bastante.

—¿Quieres que regresemos al hotel? —pregunté arrodillada frente a ella.

—No, no te preocupes. Se me pasará en un rato. Estoy bien.

Apenas acababa de pronunciar la última palabra cuando los ojos se le pusieron en blanco y se desplomó sobre el banco. Por fortuna, tuve los reflejos suficientes para cazarla a mitad de trayecto. Pero el susto fue considerable.

A la pobre Ade casi le da un pasmo. Empezó a gritar pidiendo auxilio, pero fue inútil. Por allí no había ni un alma. Nadie que pudiera ayudarnos. Aquella playa estaba tan vacía como corresponde a un lugar turístico en invierno. Todo el mundo estaría en casa preparando la cena de Nochebuena. Por fortuna, había llevado el teléfono conmigo. Si la ayuda no podía venir de alrededor, avisaría a los nuestros. Saqué el móvil del bolsillo y marqué el número de Sesemann, pero no contestó. Tampoco lo hizo Dete, un minuto después. Podían estar discutiendo o haciendo las paces, en cualquier parte del proceso. El caso era que ninguno parecía disponible en aquel momento. Me toqué la cabeza pensando una solución de urgencia cuando reparé en mi bolso en las manos de Ade.

Sin dudarlo me lancé a por él y, tras arrebatárselo, comencé a rebuscar entre las mil y una chorradas que siempre voy guardando. Tras ocho tiques de compra, dos juegos de auriculares y cuatro barras de labios, por fin di con lo que estaba buscando: la tarjeta del señor Soler con su número de teléfono impreso en ella. No dudé un momento y marqué. Un par de tonos después, por fin había alguien al otro lado.

—Dígame.

—Señor Soler, ¡soy Anne!

Un silencio de incomprensión me hizo ver mi estupidez. Cuando una hace una llamada de auxilio, por muy nerviosa que esté, debe tener siempre en cuenta a su interlocutor.

—Anne Rottenmeier. La clienta del hotel. Estoy alojada con Clara Sesemann, la niña de la diálisis.

Apenas un segundo después, el señor Soler empezó a comprender.

—¡Oh, sí, claro! ¿Cómo estáis? ¿Preparándoos para la cena?

—Bueno… No exactamente.

Sin perder un instante, expliqué nuestra situación al señor Soler. La impotencia de vernos solas en mitad del paseo marítimo y si podía hacer el favor de avisar a alguien.

—Llamaré ahora mismo a una ambulancia —dijo, muy preocupado—. Colgaré inmediatamente para dar aviso al hotel. Irán a buscaros.

Le di las gracias casi un millón de veces y colgué. La ayuda estaba en camino.

Satisfecha con mi logro, miré alrededor para explicar los detalles, pero, de repente, no quedaba ni rastro de Ade. Aquello era increíble. ¡Había desaparecido!

Ni siquiera recordaba haberla visto alejarse. Sabía que solo era una niña y que se había asustado, pero, por Dios, ¿cómo podía hacerme eso? Había huido dejándome sola en mitad del pánico y yo no me veía capaz de apagar más de un fuego a la vez. Solo tenía dos manos.

Decidí afrontar los problemas de uno en uno. Ade se había volatilizado, pero estaba sana y en su barrio. No tenía por qué ocurrirle nada malo. Lo fundamental en aquel momento era ayudar a Clara. No sabía hasta qué punto su situación era grave, pero asustaba de veras. Le tomé las constantes vitales, tal y como había aprendido en el curso de la Cruz Roja (al final, tuve que agradecerle algo a Friedrich, después de todo).

Clara respiraba, aunque su pulso era muy débil. Me pregunté si debía arriesgarme a transportarla yo sola hasta la puerta del hotel. Confiaba en que el señor Soler hubiera dado aviso a sus empleados. Pero ¿y si había habido algún error en la comunicación? ¿Y si nadie acudía al rescate? Me daba la impresión de que el tiempo pasaba muy despacio y que la ayuda tardaba demasiado, cuando es de sobra sabido lo vital que es en estos casos.

A lo largo del paseo marítimo había muchos bancos. Me dije que tal vez podía apañarme para llevar a Clara en brazos e ir descansando en cada uno de ellos mientras avanzaba hacia el hotel. Tal vez con eso ganaríamos tiempo.

Me apresuré a incorporar a Clara para cogerla, pero pesaba bastante. Maldije mi pereza a la hora de hacer deporte, aunque supe que era absurdo machacarme. Me habría sido imposible coordinar mi agenda con más clases. Bastante había hecho poniéndome a aprender español.

Hice un nuevo intento de levantar a Clara, pero fue inútil. Era como arrastrar un caballo. La desesperación empezó a desbordarme. Me sentía tan impotente que ni siquiera percibí que alguien acababa de colocarse a mi espalda.

—No te preocupes, guiri. Ya estamos aquí.

Si Dios hubiera tenido rostro, sin duda habría sido el del abuelo de Ade. Me habría gustado asesorar a los pintores del Renacimiento si hubiera podido. Lo habría tenido claro.

El hombre me echó a un lado con delicadeza y tomó en sus brazos a Clara, mientras Ade me agarraba de la mano y me obligaba a avanzar por delante.

En efecto, la niña no me había abandonado. Había buscado el recurso más lógico: sabía que su abuelo no podía fallarle y había corrido hasta su casa.

Con la ayuda del abuelo, todo fue más fácil. Como pescador retirado, el hombre aún estaba fuerte, y no tuvo problema en avanzar un buen trecho a lo largo del paseo. Cuando alcanzamos el lateral del hotel, Sesemann, Dete y los enfermeros corrieron a buscarnos. Estaban muy nerviosos, ya que, tal y como me temía, habían estado buscando por la zona equivocada.

Los enfermeros posaron a Clara en la camilla y la metieron en la ambulancia, a donde subieron Sesemann y también Dete. Escasos segundos después, todos salieron pitando dejándonos en tierra a Ade, al abuelo y a mí.

Los tres nos quedamos observando la estela de la ambulancia que se perdía por la calle, vacía de gente. Y solo cuando el aullido de la sirena se hubo disipado, nos atrevimos a mirarnos. Aquella experiencia había sido demasiado desasosegante, como si un mal sueño nos hubiera atrapado en sus redes y no nos dejara movernos.

—Me parece que tendremos que cambiar los planes para la cena —dijo el abuelo, despertando a la realidad.

Ade y yo asentimos. Aún no éramos capaces de reaccionar, así que no dijimos ni media. El abuelo, que entendía mucho de redes, al vernos en ese estado, decidió liberarnos al fin de su influencia.

—Miradlo por el lado bueno —dijo guiñándonos un ojo—. Nos hemos librado de cenar con Sesemann.

Si la memoria no me falla, creo que esa Nochebuena fue la más extraña que he pasado en toda mi vida. Mientras el resto de los años utilizo esa fecha para hacer balance de lo logrado, aquella noche no encontré un momento para la reflexión habitual de después de la cena.

Los tres estábamos muy inquietos. Deseábamos comunicarnos con Dete o, en su defecto, con Sesemann, y no fue hasta cerca de las once cuando obtuvimos un mensaje tranquilizador diciendo que Clara se encontraba bien.

Al parecer, mi alumna había sufrido un cuadro de anemia, y eso, unido a una infección de la fístula del brazo, le condenaba lo que quedaba de las vacaciones a quedarse en el hospital.

Al día siguiente, los médicos nos permitieron ir a verla. Clara aún estaba débil, pero su situación empezaba a remontar. Aunque, por desgracia, no fue así con su estado de ánimo. Ni siquiera las flores del señor Soler, que se acercó a visitarla a pesar de ser fiesta, consiguieron sacarla de su tristeza.

Clara estaba tan abatida que comía lo estrictamente necesario. Apenas hablaba. Aquella recaída la había hundido en una especie de letargo.

Decidí contraatacar. Cuando me aseguraba de que ni su padre ni Dete estaban cerca, intentaba hablar con ella. Pero, en contra de mis deseos, Clara no soltaba prenda. Se quedaba en el fondo del pozo en compañía del cubo, la cuerda y sus pensamientos.

En cuanto mi alumna se repuso un poco, Sesemann decidió hacer las maletas. Prefería regresar a casa y que Clara fuera atendida por sus médicos habituales.

Ade recibió la noticia con tristeza. Le apenaba separarse de su abuelo antes de lo previsto. Aunque comprendió los motivos. Demasiado bien diría yo; al fin y al cabo, solo tenía cinco años.

Antes de salir hacia el aeropuerto, el abuelo fue a despedirnos. Ade y él permanecieron abrazados un minuto entero. Y antes de marcharnos, el hombre me llevó en un aparte y me entregó un paquetito.

—Es un regalo —me explicó impidiéndome que lo abriera—. Ade es mi única familia y te doy las gracias por cuidar de ella.

—Pero yo… No sé qué decir. No hace falta, en serio.

—No hace falta, pero me apetece hacerlo —respondió el hombre—. Aquí somos así de hospitalarios.

Sonreí al hombre y le di un abrazo. Necesitaba dárselo. Quién iba a decirlo, viniendo de una alemana.

—Lo acepto con una condición —contraataqué—. Contrate una línea de teléfono. A Ade le vendrá muy bien hablar con usted de vez en cuando. Hágalo por ella.

El hombre se rio al escuchar mi sugerencia y asintió antes de acompañarla con su respuesta.

—Te lo prometo.

El taxi arrancó dejando atrás su silueta y yo abracé a Ade al presentir sus lágrimas. Supe que se había estado aguantando hasta ese momento para no disgustar al abuelo. Y me pareció toda una proeza. No había que olvidar que era una niña dejando atrás a su familia y su tierra. No había que olvidar que aún no había cumplido seis años.

La llegada a Frankfurt fue una corriente de aire gélido que nos dejó a todos congelados. A pesar del final agridulce de las vacaciones, ninguno estábamos mentalizados a zambullirnos en aquel entorno gris y frío.

La vuelta fue dura, sobre todo para Ade. A los pocos días comenzaba, al fin, el colegio y, a pesar de la buena voluntad con la que intentó asumirlo, enero se le hizo tan cuesta arriba como aseguran los expertos en economía.

La mejoría de Clara tampoco fue en aumento. Su situación estaba controlada por los médicos, pero, dejando a un lado el tema clínico, su estado de ánimo estaba bajo mínimos. Intenté alegrarle la existencia seduciéndola con alguna película o algún libro, pero hasta las ofertas de tocar conmigo al piano eran rechazadas.

Clara había decidido hibernar lo que quedaba de estación y puede que no abriera un ojo hasta bien entrado el verano.

Pensé que esa situación de inmovilismo tenía que cambiar de algún modo. Que Clara permaneciera callada no era bueno, así que una mañana que la encontré, como de costumbre, sentada en la butaca, supe que tenía que hacerla reaccionar. Fabulé la excusa más absurda que se me ocurrió, lo que fuera que me permitiera acercarme a ella con un lápiz y una libreta de pentagramas.

—Vamos a hacer una canción —le exigí sin derecho a réplica—. Es el cumpleaños del abuelo y me gustaría regalarle algo para corresponderle.

Clara elevó la mirada y se me quedó mirando unos instantes. Su rostro no reflejaba la más mínima emoción. Tan solo se limitó a mirar hacia otro lado.

—Házsela tú —me rechazó, seca.

—No. A mí no se me da bien —insistí poniéndole la libreta en el regazo—. Venga, tú eres la creativa.

Clara cogió la libreta, pero apenas la tuvo en sus manos, la lanzó con furia contra la puerta. Al ver aquello, me quedé congelada en el sitio. Mi intento no había sido el más acertado, pero ni por asomo había podido deducir una reacción de tal calibre.

—Pero ¿qué diablos estás haciendo? —grité.

—¡No me pidas más cosas de esas! —exclamó—. Cuando me creo que puedo hacerlas, luego me doy cuenta de que no es así realmente. Estoy cansada. ¡No quiero!

Y se echó a llorar desconsoladamente.

Yo sabía que aquello podía pasar. Temía que fuera lo que le estuviera minando por dentro. Clara veía mermada su calidad de vida en una época en la que todo son opciones y lanzarse a soñar.

—Vamos a ver… —intenté tranquilizarla—. No hay nada que no puedas hacer por culpa de los riñones. Solo es cuestión de encontrar alternativas. ¡La gente se busca el modo!

Clara levantó la vista y me la clavó con dureza. Como nunca desde que la conocía. Una jamás está preparada para esa mirada.

—Dices eso porque no tienes trece años y no eres tú la que lo sufre. Me gustaría tomar mis propias decisiones. Pero dependo de mi padre y… ¡de esto!

Acababa de señalar el vampiro con furia y temí que en un arranque de locura arremetiera contra el pobre aparato.

Por fortuna no fue así. Lo único que hizo fue seguir llorando. Yo supe que los recursos de psicología se me estaban terminando. El curso de la Cruz Roja es limitado. No da para adolescentes destrozadas por problemas gordos de salud. Intenté consolarla como pude. Pero supe que había fracasado con mi intervención. Le sugerí buscar ayuda, pero Clara se apresuró a rechazarla. Estaba cansada de psicólogos. A todos les veía las costuras.

La cosa no fue mejor al día siguiente. Cuando acompañé a Clara a la revisión, su doctor me explicó que tardaría un tiempo en estabilizarla. La infección mejoraba, pero no así la anemia galopante.

Me partía el alma ver a Clara tan triste. Me sentía contagiada por su desesperación. Así que una tarde que mi alumna decidió pasar el día mirando la pared, decidí tomarme un respiro e ir a casa de Budista. Había recibido una invitación formal para merendar. Al parecer, quería darme una sorpresa. Y así fue.

Nada más pulsar el timbre de su casa, alguien inesperado me recibió al otro lado de la puerta. Se trataba de Theresa, la novia de la viola que había propiciado mi relación con Budista y que, inocentemente, había encaminado mi destino hacia la casa Sesemann.

—Así que tú eres Anne… ¡Pasa! ¡He oído hablar mucho de ti!

Correspondí a tanta emoción con una de mis grandes sonrisas, de esas que le gustaban a Budista. De hecho, no tardé mucho en encontrarlo. Como no podía ser de otra manera, estaba preparando el té.

—Theresa y yo volvemos a vivir juntos —me explicó mirando a su novia—. Nuestra relación ha avanzado y creemos que ya estamos preparados para volver a intentarlo.

—Cuánto me alegro —respondí sinceramente—. La gente tiene que darse la oportunidad de ser feliz.

Estaba muy contenta de verlos tan alegres. Lo único que lamentaba era que tendría que decir adiós a la posibilidad de vivir con Budista. Pero no me importó. Era tan bondadoso que se merecía todo lo bueno que le pasara. Navidad ronroneaba orgullosa y fue a subirse al regazo de Theresa. Si hubiera sabido dibujar, los habría elegido de modelo para mi futura postal navideña.

—Qué lástima que hayas vuelto de España tan pronto —lamentó Budista cuando nos sentamos ante la merienda—. Menudo sofocón has tenido que llevarte. Es duro ver enfermo a alguien tan joven.

Asentí. Y, por primera vez en mucho tiempo, me eché a llorar. A borbotones. Fue como la grieta de una presa. Una vez que se cuartea, ya no hay remedio para que se desborde. Y desahogué los meses de tensión que llevaba a cuestas mientras las lágrimas caían sobre mi té. Lágrimas saladas. Con pastas.

—Perdonad —dije secándome la cara—. Lloro de impotencia. Clara está tan deprimida… Esta situación es muy injusta para ella.

—Lo entiendo perfectamente —me consoló Theresa—. Una prima mía estuvo enferma de leucemia y lo pasábamos fatal cada vez que tenía una recaída.

—¿Y consiguió curarse?

—Claro que sí —respondió ella—. Fue duro. Pero ahora está muy bien.

Me alegré por la niña. No la conocía, pero aquellas palabras supusieron un bálsamo. Sin embargo, yo sabía que el caso de Clara no era tan sencillo. Llevaba años en esa situación. Y nada podía asegurarle que hubiera un riñón compatible para ella. La gente se desespera cuando no ve fin a su sufrimiento.

—Creo que el problema de Clara es precisamente su madurez —comentó Budista—. Empieza a hacerse preguntas y a enfadarse consigo misma por no estar bien.

—Me pregunto si todo esto no será por mi culpa —confesé—. Me empeñé en que se ilusionara con cosas, en que fuera rebelde, y ahora su cuerpo le pone trabas.

—Eso no es justo —respondió Theresa—. Hiciste lo que debías. Clara debe buscar ilusiones. Muchas veces eso es lo único que nos salva de la desesperación. Solo necesita un poco de suerte.

—Es una persona tan especial —me desahogué—. Si vierais las cosas que hace… Tiene muchísimo que aportar. Y me da rabia que se vea tan impedida.

Se merecía ese riñón, maldita sea. Con la de personas malvadas que hay en el mundo era injusto que alguien tan increíble, tan bueno y con tanto talento, no pudiera desarrollarse. Y todo por algo tan absurdo como no poder filtrar su sangre. Me habría gustado hablar con el responsable de la dichosa lista de espera. Clara se merecía ese riñón más que nadie. Hasta yo misma se lo daría si pudiera.

Me sorprendí tras ese pensamiento. Por primera vez fui consciente de él. Ignoraba los protocolos y si era tan fácil ofrecerlo, pero la inquietud de la idea se me pegó como una lapa durante toda la tarde. No pude quitármela de la cabeza.

Budista y Theresa procuraron consolarme y, por fortuna, llevaron la conversación por otros derroteros. Yo procuré mostrarme algo más alegre. Se les veía tan ilusionados con su nueva etapa que no era plan de amargarles la fiesta. Decidí interesarme un poco por la vida de Theresa.

—Así que tocas la viola —dije en busca de una charla más agradable—. Me gustaría oírte en algún momento.

—Oh, sí, ¡es verdad! —exclamó Budista, encantado con la coincidencia—. Anne toca el chelo. La rechacé por culpa de su instrumento. Espero que alguna vez me lo perdone.

—Gracias a ti mi vida es un parque de atracciones —reí—. No te lo tendré en cuenta.

Le expliqué a Theresa mis aventuras del principio y mis intenciones de estudiar en la escuela Kronberg, algo que había quedado relegado a un nivel de prioridad inapreciable. Tras el rechazo del profesor Mölck y las vicisitudes de mi nuevo empleo veía que me quedaban pocas opciones.

—No puedo creerlo —exclamó ella casi a la vez que yo le relataba mis penas—. ¿Has dicho que fuiste a ver a Mölck? ¿A Klaus Mölck?

Asentí efusivamente.

—Caray, ¡es increíble! ¡El profesor Mölck es mi tío!

Debía de tratarse de una broma. Theresa no debía recrearse en mi estado ni jugar con mi pobre corazón. Pero, por la expresión de su cara, me daba que no era esa su idea. El dichoso profesor Mölck, aquella amargura de metro y medio, era familiar directo de Theresa. La de la viola, la responsable de mi infierno.

—Lo que son las cosas… —dije tomando mi taza de té y sorbiéndola por temor a quemarme.

—No. Nada de eso —intervino ella—. Después de lo que me has contado, si mi tío no te readmite, no tendré el valor de volver a mirarte a la cara. Haré todo lo que pueda. Te lo prometo.

Tampoco era plan de que el profesor Mölck me pusiera una demanda por acoso. Ya tenía bastante con mi larga lista de fatalidades. No quería un problema más en la pila de colchones. Mi guisante estaba desbordado.

—Tonterías —rechazó Theresa—. Soy su sobrina favorita. Él mismo me preparó para mis audiciones. Si no te rescata de entre las fieras, no volveré por su casa en lo que queda de año. ¡Y aún falta bastante para la próxima Nochebuena!

Pues mira qué bien. Hay que ver lo pequeño que es el mundo. Theresa se empeñaba en enmendar el mal que hubiera podido causar. Tras aquella coincidencia, Chicocafé tendría que callarse la boca para siempre.

Cuando salí de allí, me di cuenta de que, en condiciones normales, aquella noticia me habría hecho caminar como un canguro alegre. Sin embargo, no fue así. La inquietud aún estaba presente. Había procurado dejar mis pensamientos aparcados durante la merienda, aunque se habían empeñado en asaltarme en alguno de los silencios de la conversación. Era como si empujaran exigiendo su espacio por culpa de esa gravedad que se habían ganado por derecho.

La cosa no mejoró al llegar al apartamento. Tinette ya se había ido y me encontré con Ade, que terminaba un dibujo para el colegio.

—¿Dónde está Clara? —pregunté.

—Se ha ido ya a la cama —respondió en voz baja.

Ade también percibía que el estado de Clara no iba bien. Sus grandes ojos marrones eran tan transparentes que podía verlo. Acababa de mirar hacia el cuarto con tanta lástima que lo comprendí perfectamente.

—Está muy triste —dijo cuando yo avancé hacia el pasillo—. Ya ni siquiera quiere tocar el piano.

No era una protesta. Tan solo una llamada de auxilio. Asentí sin encontrar la palabra adecuada que compensara aquel vacío. La tristeza podía mascarse en el ambiente.

Abrí la puerta del cuarto de Clara y metí la nariz en la oscuridad. Sobre la cama, un ovillo de sábanas reposaba cara a la pared. Su silueta estaba iluminada por el despertador de la mesilla. Lo más seguro era que estuviera despierta, aunque no hizo ningún movimiento para que yo creyera lo contrario. Decidí respetar su soledad. Si Clara no tenía ganas de hablar, lo mejor era no forzarlo. Así que cerré la puerta y me marché a mi cuarto.

Ya en la intimidad de mi madriguera, me puse el pijama con el deseo de cerrar aquel día rebosante de contrastes.

Me alegraba mucho por Budista y por Theresa. Y, por otro lado, aún era incapaz de creer que Klaus Mölck volviera a manifestarse desde el pasado. Como si fuera un fantasma encerrado en la mazmorra después de echar la llave a la alcantarilla. Tendría que sacarlo de la carpeta de personajes olvidados. Desempolvar su archivo y repasarlo. Y no pifiarla si es que accedía a hacerme otra prueba.

Sin embargo, lo que más me preocupaba era la desazón por el estado de Clara. Fui consciente de la tensión que me estaba provocando el asunto. Y decidí que, si lo que deseaba era conciliar el sueño, debía dejar de pensar en ello y concentrarme en la rutina nocturna de antes de acostarme.

Cuando fui al escritorio a cepillarme el pelo, reparé en el paquete que el abuelo me había regalado. Lo había abierto en cuanto llegamos a Frankfurt. Fue lo primero que hice una vez que el avión nos hubo devuelto a la ciudad-carámbano. Había esperado a llegar a mi cuarto para desenvolverlo a salvo de miradas externas. Y cuando lo hice, había encontrado, bien envuelta en papel cebolla, una cadena de la que pendía un colgante en forma de pescado.

—Era de mi nuera —me explicó el abuelo cuando días después le telefoneé a casa de su vecino—. Quiero que lo tengas tú.

—¿No es mejor que lo guarde para Ade? —pregunté, abrumada por aquel gesto.

—Ade tiene otras muchas cosas. Recuerdos y momentos felices. Quiero que tú conserves eso. Así habrás podido conocer a su madre de algún modo, aunque no estuviera presente.

Me había quedado abrumada con aquel detalle. Y, como el pudor era demasiado fuerte, había decidido dejar la caja encima del escritorio a la espera de un momento adecuado para probarme el colgante.

Supe que el instante había llegado. Con la conversación del abuelo palpitando aún en mi cabeza, tomé el pescado de la caja y me lo coloqué en el cuello.

No suelo creer en los fantasmas. Pero por primera vez sentí que había una fuerza dentro de mí que luchaba por guiar mis pasos. Y con ese pensamiento latente supe que aún tardaría un buen rato en meterme en la cama.

Capítulo 13

Muchas decisiones importantes comienzan con una búsqueda inocente en Internet. Suele ser el punto de partida. Una consulta no vinculante que arroja algo de luz sobre los asuntos que nos preocupan y que no significa, en absoluto, que se haya tomado algún tipo de decisión.

Mi inquietud respecto al posible trasplante de Clara comenzó aquella noche, en la que me vi a mí misma documentándome sobre los fallos renales masivos y la tipología de trasplantes. Necesitaba comprender científicamente todo lo que ocurría. Fue el único modo de aportar algo de calma a mi espiral de pensamientos.

Al día siguiente, estaba perfectamente familiarizada con los tipos de trasplante, las pruebas que hacían falta, los protocolos, los riesgos, las medicaciones… Podía haberme hecho un máster de periodismo médico. Pero, como suele pasar en estos casos, no acababa de fiarme de todo lo que había leído en Internet.

Cuando me descubrí a mí misma buscando los informes de Clara en el despacho de Sesemann, me detuve al darme cuenta de lo que estaba haciendo. ¿Estaba dispuesta a dar ese paso? ¿Sería capaz de donar un riñón a una niña que ni siquiera era de mi familia? El aluvión de preguntas me hizo pararme en seco.

Pasé la semana procurando no pensar en ello. Me abrumaba la mera posibilidad de verme ante aquella decisión. Pero tras unos cuantos días debatiéndome entre mis sentimientos, logré convencerme de que buscar información no era malo. No implicaba un compromiso. Solo me daba una perspectiva más amplia del escenario.

Decidí preguntar la siguiente vez que Clara fuera al médico. Suponía que los doctores serían como los abogados, y que guardarían en secreto cualquier tipo de consulta. Seguro que su discreción estaba garantizada. Así que, cuando acompañé a mi alumna a su cita semanal con el nefrólogo, me vi a mí misma pidiendo un hueco libre para informarme sin que Clara estuviera delante.

—Esta misma tarde —me respondió un doctor verdaderamente apuesto—. Por la mañana tengo la agenda llena.

Entendí a la perfección el sentimiento de Clara con el enfermero español. El doctor Loch no era mi tipo, pero sí esa clase de persona que te hace confiar en ella con los ojos cerrados.

Si sus conocimientos iban a la par que su franqueza, el panorama era bueno.

—Perdone la urgencia —me disculpé cuando entré, por fin, a verlo—, pero necesitaba hacerle una consulta importante. Querría informarme sobre los trasplantes de riñón. Sobre el procedimiento, ya sabe. Lo que hay que hacer.

—¿Por qué? —preguntó él—. ¿Clara tiene alguna duda al respecto?

—Oh, no —respondí—. De hecho, Clara no tiene ni idea de que estoy aquí. He venido porque quería saber las opciones de donación. Ya sabe…, por si acaso.

—Por si acaso usted es compatible —afirmó él.

—Así es.

Al fin lo había soltado. No comprendía por qué, pero el solo hecho de mencionarlo me daba pudor. El doctor Loch me observó detenidamente y sonrió.

—Conocer la compatibilidad de un posible donante es un procedimiento fácil —explicó—. No hay riesgos. Aunque es curioso que te lo hayas planteado.

—Bueno, yo… veo a Clara tan mal que de repente se me ha ocurrido esa idea. He empezado a pensarlo. Solo quería…

—… salir de dudas —terminó él.

Yo asentí. Ignoraba si el doctor Loch me estaba juzgando o si, por el contrario, estaba sorprendido por mi intromisión. Al parecer no se trataba de ninguna de las dos cosas.

—Es lógico que te plantees si eres compatible —me tranquilizó—. La gente de alrededor ve sufrir al paciente y desea poder ayudarlo. El trasplante de persona viva aún no está muy arraigado aquí, pero es posible. Te sorprendería ver las estadísticas de otros lugares, como, por ejemplo, España.

Sí. Qué curioso que lo mencionara. Parecía que últimamente España estaba presente en todas las conversaciones.

—Si quieres hacerte las pruebas, siéntete libre de hacerlo. Si sale negativo, te quedarás más tranquila.

—¿Y si sale positivo?

—Si sale positivo, no es vinculante. Nadie te obligará a hacerlo. Solo depende de ti.

Precisamente ese era el problema. En el caso de que Clara y yo fuéramos compatibles, no sabía si sería capaz de seguir adelante. Era una decisión muy delicada, tanto si me inclinaba por el sí como por el no.

—Yo te guardaré el secreto —murmuró el doctor Loch como si me leyera el pensamiento.

El hombre me guiñó un ojo cargado de buena intención y yo sonreí al verlo. Agradecí de veras que Clara estuviera en manos de aquel buen doctor. Mi alumna había sido muy valiente durante mucho tiempo, aunque en esos tiempos estuviera flaqueando. Ahora el problema era decidir si yo también tendría la misma valentía.

Anne:
Sé que he vuelto de España y aún no hemos quedado, pero te juro que no ha sido aposta. He estado atareada con un tema y necesito comentártelo.

¿Qué te parece quedar esta noche? ¿Querrás atenderme?

Te prometo que disfrutaremos de la cena.

¿Qué me dices? ¿Hay tregua?
Besos.

Pensé que Chicocafé tenía todo el derecho a mandarme a la porra por incongruente. Por buscar su consejo cuando la última vez que me lo había ofrecido casi le lanzo a los perros. Pero mi propuesta iba en serio. Necesitaba un rival fuerte. Alguien que me quitara la idea de la cabeza, si es que eso era posible.

Estaba convencida de un hecho: si mi pensamiento seguía agarrado como una liendre a pesar de las insistencias de Chicocafé, era que tal vez merecía la pena considerarlo. Digamos que era una especie de prueba de fuego. Quería retarme a mí misma y a mis razonamientos.

Chicocafé se presentó a la cita tan apuesto como lo recordaba. Sus ojos ratoniles me miraron con el mismo interés de siempre. Parecía que no todo estaba perdido tras nuestro último encuentro.

Decidí dejar la consulta para los postres y disfrutar de nuestra cena como si nada raro hubiera pasado entre nosotros. Hacía tiempo que no me aislaba de mi propia cabeza durante el tiempo suficiente y agradecí de veras que Chicocafé hubiera encontrado un hueco para mí. Tras varias risas y anécdotas, supe que había llegado el momento de las confesiones:

—Necesito contarte una cosa —me aventuré—. Eres el mejor candidato para poner a prueba mis pensamientos. Has sido despiadado en otras ocasiones y por eso necesito contrastarlo contigo. Es una decisión importante.

Era evidente que Chicocafé se iba a carcajear tras tanta ceremonia. Procuré explicarle que la cosa iba en serio. No me hizo falta insistir mucho. Su madurez se comportó como debía en ese caso.

—¿Qué opinas de los trasplantes de vivos? —le asalté.

Chicocafé depositó su vaso en la mesa.

—¿A qué te refieres? —preguntó—. ¿Como modo de vida o como pasatiempo?

—No, idiota. Al hecho de que una persona sana le permita a otra vivir donándole un órgano.

—¿No tienes que ser familia para hacer eso?

—No necesariamente. Basta con que tu grupo sanguíneo sea compatible. Y, bueno…, otras cosas.

En efecto, Chicocafé reaccionó del modo más lógico. Se quedó callado y se recostó sobre el respaldo. Mi interés se concentraba precisamente a partir de ese momento, en ese punto de inflexión y en la cascada de opiniones que estaría valorando. Necesitaba saberlas. Calibrarlas y hacerme a la idea de si debía considerar el trasplante como una posibilidad.

—Guau. Me dejas helado —murmuró.
—Hablemos de ello.
—No sé…, ¿te lo estás planteando en serio?
—Puede ser. He ido a hacerme las pruebas. Empecé a buscar en Internet. Una cosa llevó a la otra y creo que tal vez no es tan descabellado.
—Está bien. Vamos a analizarlo.

Sonreí satisfecha. Chicocafé entraba en el juego. No lo había rechazado de pleno, como en el fondo yo temía. Para ello podía haber empleado decenas de argumentos, diciéndome que estaba loca, que qué me habían hecho en España o cosas así. Por el contrario, tomaba mis dudas en serio y accedía a meterse en el debate.

—Lo primero que quiero saber es por qué has pensado eso —preguntó—. Quiero decir: ¿por qué de repente ahora?
—Porque Clara ha sufrido una recaída y está desesperándose. Es una época difícil y temo que tras esta depresión se hunda cada vez más. Espero que no sea irrecuperable.
—Clara es fuerte. Lo ha demostrado muchas veces.
—Ahora está bajo mínimos. Y lo que me da rabia es que su enfermedad no le da tregua. Se merece dirigir su propia vida. Ahora ni los riñones ni su padre le permiten hacerlo.
—¿Y crees que eso es responsabilidad tuya?
—Tal vez sí. Hablamos de una persona. Sangre, carne y células. ¿Qué más da de dónde hayan salido? ¿Importa tanto que no compartamos ADN?

Chicocafé asintió. Meditaba su contraataque. Me dio la impresión de que le costaba hacer de abogado del diablo. ¿Minipunto para la niñera?

—Visto de ese modo… Solo tú sabrás si merece la pena —reculó.
—¿Salvar una vida? Por supuesto.

—Sí, pero en este caso no la estás salvando. Le estás dando calidad. Es una gran diferencia.

—Lo sé.

—No me malinterpretes. Solo te pongo a prueba. A veces la poca calidad de vida no es vida en absoluto. No le quito importancia.

—Esa es mi duda. Me he puesto a hacerme preguntas y la lista de «a favor» ha ganado por goleada.

—¿La lista de «a favor»?

—Sí, ya sabes. La típica lista. Pones los argumentos a favor en una columna, y en la otra, los de en contra. El hecho de donarle un riñón a Clara tiene una mayoría aplastante de argumentos.

—Aquí la clave estaría si los «contra» son lo suficientemente importantes.

—Ya lo sé. Y me preocupa tener en cuenta prejuicios.

—¿A qué te refieres?

—Verás… Si Clara fuera mi hermana, no lo dudaría un solo instante. Incluso lo haría por mi hermana Emily, con la que apenas me veo en Navidad. No tenemos nada en común, pero nadie lo vería raro. En cambio, si hablamos de alguien con quien no comparto vínculos sanguíneos, la cosa empieza a ser más dudosa. Aunque la quiera mucho y la vea todos los días.

—¿Quieres decir que tu único impedimento es que Clara y tú no sois familia?

—Eso es. El otro argumento es que me quedaré con un solo riñón. Y que la vida es muy larga.

—Y está llena de malvados.

Los dos nos echamos a reír. Supongo que necesitábamos destensar la situación. Tras un buen rato, Chicocafé me cogió la mano y acarició mis nudillos con ternura.

—Si eres capaz de ello, y crees que merece la pena, hazlo. Pero si no te sientes cómoda, o te da miedo, no lo hagas. Tu riñón es tuyo, ¿me explico? Tú decides en qué emplearlo.

Aquello me pareció tan tierno que necesité lanzar un comentario chorra.

—Sí. Haré como en el Mario Kart: yo decido cuándo usar el turbo.

Chicocafé sonrió al escuchar mi broma, pero me apretó la mano de inmediato.

—Anne, es una decisión tan personal... Ante eso, yo no tengo nada que decir.

Así que volvía a hallarme en la línea de salida. Había derrotado al monstruo de la última pantalla y regresábamos al inicio. Resultaba que mis armas dialécticas eran más potentes de lo que yo pensaba. Chicocafé había sido un contrincante fiero, pero, incluso derrotado, estaba más atractivo que nunca. Aquella velada llevaba demasiada seriedad a cuestas. Ya era hora de dejarla escapar.

—De todas maneras, lo más seguro es que no sea compatible —dije restándole importancia a todo el asunto—. Clara lleva mucho tiempo esperando un riñón. Sería mucha casualidad, ¿no crees?

—¿Y qué hay de las señales? —preguntó él—. Puede que tu riñón fuera el que Clara estuviera esperando. Puede que por eso fueras a parar a su casa.

—¿Acabas de decir eso en serio? —exclamé impresionada—. ¿Dónde ha quedado tu pensamiento científico?

—Creo que jamás sabrás identificar cuándo me río de ti.

Me parecía increíble haber olvidado aquella sonrisa. Los días en España habían atenuado su recuerdo, pero me alegré de haberlo refrescado. Había sido una gran idea volver a quedar con él. Le hablé a grandes rasgos de lo bueno de las vacaciones, del abuelo de Ade y del café de España. Él, por su parte, me confesó que estaba muy agobiado con los exámenes.

No quise preguntarle por su retorno a Suiza. Seguramente ocurriría pronto, pero lo estábamos pasando tan bien que prefería conservar aquella noche como un recuerdo perfecto. Está bien encapsular ciertos momentos. Algunas citas tienen el derecho a envolverse con un precioso lazo y quedarse así para poderlas rememorar después.

Cuando llegamos a la puerta de casa y me escabullí de su último beso, supe que había traspasado el límite. Siempre considero que en cada relación hay una línea que marca la frontera. El punto exacto en el que las cosas empiezan a afectarte y tienes que tirar de las riendas.

Me metí en la cama pensando en esa diatriba. Y no fui capaz de dormirme hasta bien entrada la madrugada. Me preocupaba que lo que Chicocafé y yo estábamos viviendo tuviera una fecha de caducidad. Sabía que no debía pensar en ello y limitarme a vivir mi vida exactamente como me fuera llegando. Si algo había aprendido de esos meses en Frankfurt es que es imposible prever lo que va a suceder al día siguiente.

No sabía hasta qué punto mis reflexiones estaban siendo certeras. Cuando abrí un ojo y fui consciente de que aún estaba en la cama, descubrí la silueta de Ade, a mi lado, sacudiendo mi hombro. Ya era de día. El sol entraba a raudales por la ventana. Y estaba tan profundamente dormida que ni me había dado cuenta de que ya era por la mañana.

Junto a la cama, Ade me reclamaba. Tardé unos segundos en desperezarme y entender lo que me estaba diciendo.

—Te llaman por teléfono.

La niña me alargó el auricular inalámbrico y yo aproveché aquel instante para incorporarme y frotarme los ojos. Las madrugadas de largas cavilaciones suelen pasar factura. Te generan una resaca extraña. Y así había sido en este caso.

—Anne, ¿estás ahí? Soy el doctor Loch —sonó una voz en el auricular, nada más cogerlo.

—Ah, hola, doctor, perdone. ¿Qué hora es?

—Las ocho —respondió él—. Perdona que te llame tan pronto. Pero creo que es importante.

Y lo era. Ya lo creo que lo era. Sus palabras aún no habían salido de su boca y yo ya estaba preparada delante de la portería, lista para recibir el gol. Había podido sentirlas invadir el oxígeno, traspasar el auricular de su teléfono y viajar a través de la fibra óptica a la velocidad de la luz. Un trayecto muy complejo que se las apañó para llegar a mi madriguera, transformarse de nuevo en sonido y trasladarme aquella idea, esa locura que llevaba temiendo desde lo más profundo de mi alma.

—Ya tengo el resultado de las pruebas, Anne. Clara y tú sois compatibles. Y lo sois de un modo impresionante.

El destino. Esa broma de los filósofos. Esa juerga de paraíso y vino que nos ha lacrado hasta nuestros días volviéndonos fanáticos de nuestros actos. La creencia de que nuestras decisiones son por algo, que estamos predestinados y que no hay nada de lo que hagamos que pueda escapar de sus garras.

¿Sería capaz de burlar ese último guiño? Habría sido absurdo. Si me hacía falta un hecho para acabar de convertirme, un giro que me hiciera entregarme a esa creencia, felicidades, acababa de obtenerlo.

Cuando colgué el teléfono, me descubrí a mí misma reaccionando como nunca habría creído. Con una palabra que se escapó sola e invadió el aire con todos y cada uno de sus matices:

—Mierda.

Ade abrió mucho la boca. Acababa de entender el taco. Yo le lancé una mirada tan fulminante que le hizo comprender el mensaje a la perfección. Así que se marchó del cuarto sin hacer más preguntas.

Me senté en la cama y coloqué la cabeza entre las manos. Aquella llamada había descabalado todo. Y me dije que era una absoluta estúpida. Deseaba de veras poder ayudar a Clara y que nuestros tejidos pudieran unirse formando algo especial. Pero mi deseo también era mi miedo. Temía tentar a la suerte y que todo saliera del revés. Como siempre me ocurre. Como había sucedido desde que había pisado esa maldita ciudad.

El destino, caprichoso con sus designios, me había demostrado que los caminos no paraban de bifurcarse, que ninguna ruta se hallaba establecida de antemano. Aunque, paradógicamente, aquel mismo destino se encargaba de reconducirme y guiarme hacia un único punto. ¿Y si la operación no salía como debía? ¿Y si una nueva variable se interponía entre nosotras y el final feliz? Estaba muerta de miedo. Y odio esa sensación, porque no soporto sufrir sentimientos que escapen a mi control.

Las decisiones difíciles son de las peores cosas que hay en esta vida. No te dejan espacio para hacer nada más. Avanzas vagando como un zombi sin saber qué estás buscando, cuando en realidad la única capaz de deshacer el entuerto eres tú misma. Es parecido al proceso de estreñimiento, o al de composición musical, salvando un poco las distancias.

Pasé la mañana evitando relacionarme con nadie, sobre todo con Clara. La decisión era completamente mía, y debía tomarla de un modo racional. Si me hubiera quedado a su lado observando su tristeza, habría acabado confesando mis preocupaciones antes de acabar el día. Y precisamente eso era lo último que debía hacer.

Aquella mañana, Chicocafé estaba en el trabajo (otro punto positivo para él, que se había quedado conmigo hasta las tantas cuando tenía que madrugar al día siguiente), así que no vi otra opción que buscar el último consejo por otro lado. Sabía que era un asunto delicado y dudaba si compartirlo. Pero mi salud mental pendía de un hilo. Necesitaba una última consulta antes de la decisión final.

Así que llamé a Budista. No lo hice desde el domicilio Sesemann, sino que aproveché para salir de casa y marcharme al parque a pasear un rato. La nieve de Frankfurt me pareció hermosa a pesar del frío que reflejaba. Todo estaba sucediendo en el escenario de una mañana muy agradable, ideal si terminaba recordándola en los anales de mi historia. Me pareció un entorno perfecto para marcar aquel número.

—¡Hola, Anne! —me respondió Budista al otro lado—. Theresa y yo estamos pintando el salón. ¿Te importa que ponga el manos libres?

En absoluto. Casi mejor. Theresa me había demostrado ser bastante compatible. Puede que no genéticamente, pero los tipos de unión pueden manifestarse de los modos más diversos.

Apenas me atrevía a explicarles lo que había pasado, y cuando lo hice lo pronuncié con un hilo de voz. Les conté todo. Relaté cada acontecimiento que me había llevado hasta ese instante concreto. Necesitaba explicar mis motivos y a lo que habían desembocado.

Cuando terminé, Theresa y Budista guardaron silencio. Y yo también. Fue un largo momento en blanco en el que parecía que la línea se hubiese cortado.

—Bueno, decid algo —intervine al fin—. ¿Creéis que es una locura?

Tras un par de segundos más de silencio, fue Budista quien habló.
—No. No lo es. Y si estás buscando que te desanime, no creo ser el más adecuado para consultarlo.
—¿Por qué?
—Porque estamos de paso, Anne. No somos propietarios. El cuerpo que tenemos es un regalo. No nos pertenece.
—¿Lo dices en serio?
—Completamente. Y me pareces alguien muy bondadoso solo por plantearte una decisión así. La tomes o no.
—Por eso os llamaba. Porque no tengo ni idea de qué me dictan las señales. Puede que este sea mi destino o tal vez esté a punto de cometer una equivocación.
—Hay infinitos caminos, Anne —añadió Budista—. Tantos como quieras plantearte. Ninguno es mejor que el de al lado.
—Ya lo sé. Por eso lo estoy meditando. Quiero hacer lo correcto.
—Haces bien en meditar —respondió él—. Es un gesto responsable. Tómate tu tiempo. Y después, cuando lo hayas hecho, acata tu decisión con orgullo. Sea cual sea.
—¿Y cómo sabré que estoy segura?
—Mi consejo es que hagas lo que te dicte tu corazón. No puedo ir más allá. Tú eres la única que sabrá guiar tus pasos. Y lo harás bien, tranquila. Estoy convencido.
Al final, puede que solo se redujera a eso. En buscar la esencia que me había llevado hasta allí. A tamizar lo estúpido de lo importante.
Los designios del destino son impertinentes. Imprevisibles. Y un poco idiotas. Son tan caóticos que nos obligan a bailar sin sabernos previamente los pasos. Pero tal vez ahí se encuentre la belleza, en el placer de improvisar. En dejar fluir las notas. Huir del miedo. Ignorar el ritmo del diapasón.

Capítulo 14

De: Theresa Mölck
Para: Anne Rottenmeier
Asunto: Cita con tu profesor

Querida Anne:

Quería escribirte tranquilamente en vez de mandarte un mensaje. Muchas veces dejamos de lado las buenas costumbres por culpa de la tecnología y creo que, en esta ocasión, te mereces que te hable detenidamente.

Nos alegramos mucho al saber la noticia. Comprendemos perfectamente lo que has tenido que estar sintiendo, lo mucho que has meditado y tus conclusiones. Los tres nos sentimos muy felices de haberte conocido. Eres la prueba de que aún hay gente buena alrededor.

Antes de que empieces con el lío de médicos y como contrapartida al párrafo emotivo, también te escribo para darte una buena noticia: mi tío ha accedido a que vayamos a verlo mañana. Le he explicado que alguien como tú tiene derecho a una segunda oportunidad (ya que tú se las das a los demás, sería una injusticia no hacer lo mismo contigo).

Hemos quedado en su casa a eso de las seis (por favor, sé puntual).

Un abrazo enorme.

Te queremos,

Theresa

La alegría me acompañó durante todo el día. Pensé que nada ni nadie iba a ser capaz de diluir aquel estado de felicidad. Aquella mañana, tras haberle dado a Clara la noticia, una nueva energía había cobrado fuerza dentro de mí. Me sentía poderosa.

Es curioso cómo la sugestión puede hacernos llegar a metas imposibles. Algo parecido a ponerte una canción inspiradora cuando pedaleas en la bici del gimnasio. Aquella mañana, las lágrimas de Clara me habían causado tal impacto que necesité volcar toda esa vitalidad en mi modo de expresión más cercano.

Por eso, ese día, tras muchos meses de aturdimiento, saqué a Descolorido de su funda y me decidí a tocarlo. Reencontrarme con los clásicos, con los modernos, con las piezas de Bach y los conciertos de Dvorák. Tocar hasta que me sangraran los dedos. Como los músicos de *jazz*. Tocar, tocar y tocar. Igual que antaño.

Fue por eso que el *email* de Theresa me pareció el broche perfecto para una larga jornada musical.

—Claro que sí. Ahí lo tienes —dije para mí.

Klaus Mölck me ofrecía un nuevo salvoconducto mientras yo me preparaba para otro viaje más importante. Parecía hecho aposta. Como si mi vida fuera una novela y de repente el viento soplara a toda vela.

Por supuesto, también hubo compases tensos. La reacción de Sesemann al recibir la noticia fue de absoluta estupefacción. No sé si estaba más impresionado porque Clara y yo fuéramos compatibles o por el hecho de que me hubiera decidido a donarle el riñón. Dete, en cambio, fue más emotiva. No pudo evitar que se le saltaran las lágrimas mientras yo explicaba mi decisión sentada al lado de Clara.

Había decidido comunicarlo después de hablar a solas con ella. Era la principal implicada y eso era algo que debíamos acordar entre las dos. Fue casi como pedirle matrimonio.

—Así que has estado aquí… todo este tiempo —murmuró Clara, impresionada, una vez que le expliqué todo.

—Cómo es la vida, ¿verdad?

—Sé que esta decisión ha tenido que ser difícil para ti. —Mi alumna acató el tema con una madurez impresionante—. Te lo habrás preguntado varias veces, pero no me quedaría tranquila si no lo hiciera yo de nuevo: ¿estás segura?, ¿lo has pensado bien?

—Rotundamente sí —respondí.

Al oír aquello, Clara se derrumbó. Sabía lo que implicaba tener un riñón nuevo, el cambio de vida que le aguardaba y la sensación de dejar de ser espectadora para entrar a formar parte, al fin, del escenario.

Yo me abracé a ella y me reí, también entre lágrimas.

—Vamos, ¿por qué lloras? ¡Parece que te hubieran dado una mala noticia!

Ella asintió y contuvo un instante el llanto. Después lo dio por imposible y terminó por desahogarse.

—Yo jamás habría esperado esto. Siempre guardas la esperanza pero nunca te crees que vaya a pasar. Y que, encima, seas tú precisamente… Es como… magia.

La magia de las señales. Había intentado explicárselo por activa y por pasiva a Chicocafé. Y ahí lo tenía. Los hechos me lo habían confirmado. Tal vez lo del karma y las creencias del budista tenía su sentido. No lo sé.

—Piensa que ahora estaremos conectadas —le dije—. Como dos siamesas.
—Sí —afirmó ella enjugándose las lágrimas—. Al final, después de todo, podré tener una hermana.
Empezaba a sonreír. Y no dejó de hacerlo en mucho tiempo. Me alegré tanto por haber insuflado vitalidad a su existencia que poco me importaba lo que ocurriera a partir de entonces. Clara se lo merecía. Tenía que salir bien, maldita sea. Dejaría de ser, al fin, una niña enferma.

Theresa levantó la mano efusivamente al verme cruzar desde el otro lado de la calle. Era evidente que no podía contenerse. Las dos estábamos ansiosas por vernos desde que ella me había mandado aquel *email* cargado de buenas vibraciones.
—Llego puntual, tranquila —dije tras abrazarla—. Pero no pulses aún el timbre del portero. Todavía quedan tres minutos para las seis.
Ella rio mi ocurrencia.
—Vaya. Sí es verdad que lo conoces. En mi casa se mofan bastante del tío Mölck por sus manías de abuelo.
—Espero que no demasiado —puntualicé—. Luego lo paga con los alumnos.
Aún recordaba sus malas pulgas el día que me había rechazado. Theresa no era consciente del mal que las bromas podían ejercer. Aunque era evidente que sí, que se había dado cuenta perfectamente, dado mi historial.
—Qué va, él no es tan malo —negó ella—. Al principio es un poco ogro. Pero al final acabas tomándole cariño.
Ojalá llevara razón. No podría soportar otro rechazo. Debía preservar mi cuerpo y mi mente por el bien de la operación. El reloj dio las seis en punto y Theresa pulsó el timbre del profesor Mölck. Casi de inmediato, el graznido del inter-

fono, tan familiar, nos permitió adentrarnos en la morada de la bestia. Bueno, más bien en su descansillo. Tras los dos tramos de escaleras, encontramos al profesor recibiéndonos en la entrada (un cambio de registro de tal calibre que dudé de si me hallaba en un universo alternativo).

—Pase, señorita Rottenmeier, pase —invitó Mölck en tono afable—. Afuera hace frío.

Estaba tan descolocada por aquellas atenciones que casi dejo caer la funda de Descolorido al suelo. Theresa saludó a su tío como corresponde a una sobrina candorosa y el profesor nos hizo pasar al saloncito, donde nos había preparado un espléndido té con pastas.

—Sé que las de mantequilla son las que le gustan —dijo ofreciéndome el plato—. Lo recuerdo de la última vez.

¿En serio? ¿De veras era el mismo profesor el que estaba hablando? Mis recuerdos no encajaban en absoluto con tal derroche de amabilidad. Puede que tuviera un hermano gemelo. O que se equivocara de alumna.

—Anne estará encantada de volver y de que la prepares para su audición, tío —anunció Theresa una vez que los tres estuvimos correctamente aposentados—. Ya te expliqué que ha tenido problemas.

—Sí. Lo sé. Que esté hoy aquí es motivo suficiente. Veo que ha limado su carácter.

—¿Mi carácter? —pregunté asombrada.

—No me malinterprete —se apresuró él—. Creo que le hacía falta un poco de convicción. Me dio la impresión de que debía poner más empeño en defender sus intereses. El tesón es imprescindible para dedicarse a la música.

—Pero… un momento —protesté intentando no alterarme—. Usted me dijo que el violonchelo estaba desafinado. Que me callara y acatara.

—El violonchelo estaba perfectamente. Solo quería ver su reacción. Comprobar si era capaz de defender ese oído prodigioso que tiene.

Me quedé quieta y con la pasta en la mano tras haberla mojado en el té. A los pocos segundos la parte blanda de la galleta se precipitó sobre el líquido, el cual rebosó poniéndolo todo perdido. Puede que sin esa intervención de la fuerza de la gravedad jamás hubiera podido moverme del sitio.

—Pero yo vine a presentarle mis excusas —reivindiqué—. ¡Me planté delante de esa puerta para rogarle!

—Se cansó usted muy pronto, ¿no cree? —insistió él—. Cuando yo exigí a Rostropóvich que me atendiera, ¡acampé en el descansillo de su hotel de Berlín tres días y dos noches!

Theresa puso los ojos en blanco, como si ya conociera de sobra la historia de Rostropóvich y las peripecias de su tío. A mí, por el contrario, me resultaba fascinante. Se vislumbraba una buena historia. Pero confié en que se animara a contármela en el futuro. No había que olvidar que para mí el profesor Mölck era un villano aún por abatir.

—Genial. Entonces, todo aclarado —concluyó Theresa—. Readmites a Anne, ¿verdad que sí?

Mölck soltó un bufido más parecido a la actitud que yo recordaba que al hombre renovado que tenía ante mí.

—Quiero verla aquí con el violonchelo mañana mismo —ordenó—. Si desea ingresar en la Kronberg, no hay tiempo que perder.

—Bueno, la verdad es que tenía que comentarle un imprevisto.

Mölck levantó una ceja, alarmado por mis palabras.

—Estoy deseando asistir a sus clases y sepa que valoro muchísimo esta segunda oportunidad. Pero hay un pequeño inconveniente: la semana que viene donaré un riñón y pasaré un par de días hospitalizada.

Mölck se quedó blanco.

—¿Ahora me viene usted con esas? ¡Tiene que ser una broma!

Seguro que no había escuchado una excusa más rocambolesca en toda su vida. Tal vez era consciente, casi más que yo, de que los detalles de mi existencia eran muy difíciles de creer.

—Vamos, tío, solo serán un par de días —me disculpó Theresa—. Anne es una persona valiente. Y te aseguro que muy generosa.

Mölck sacudió la cabeza y sorbió el té, aún contrariado. Tras unos instantes de tensión, cerró los ojos y claudicó.

—De acuerdo. Done todos los riñones que quiera, pero la quiero de vuelta en menos de lo que se tarda en poner un re. Y ya puede venir de inmediato, me da igual que con la costura abierta. No quiero más impedimentos. Demasiado tiempo ha perdido ya.

—Gracias, profesor —asentí mirándolo a los ojos—. No tengo palabras para expresarle lo que esto significa para mí.

—Las palabras no me interesan —respondió Mölck, todavía mosqueado—. Las personas no dicen más que tonterías. Prefiero oír sus instrumentos.

Había quedado claro. Cristalino, diría yo. Ese señor de metro y medio acababa de darme la alegría de mi vida. Y de repente no me importó haberme entretenido en llegar hasta allí. El camino más largo había tenido también sus beneficios. No se saca el mismo jugo a la vida avanzando a base de atajos.

Clara apretó mi espalda tan fuerte que me pareció imposible que aquella energía saliera de sus brazos. Las dos entrábamos en el quirófano al día siguiente. Y, a pesar de que el doctor Loch nos había asegurado que todo estaba controlado, necesitábamos pasar un rato juntas y encontrarnos en paz con todo lo exterior.

Aquella mañana, yo había llamado a mis hermanas para comunicarles mi decisión. Emily comprendió mis argumentos. Supongo que el hecho de tener un hijo le ofrecía una perspectiva más amplia del tema. Charlotte, sin embargo, se lo tomó con bastante más escepticismo, aunque tuvo la amabilidad de ofrecerse a bajar hasta Frankfurt para acompañarme tras la operación.

No me pareció necesario. Estaba en un buen centro médico, rodeada por todo lo que pudiera necesitar, y Sesemann, además, se había comportado. Al ver que mi gesto posibilitaría la calidad de vida de su hija, se había empeñado en recompensarme por todas las molestias. Hasta me ofreció una gran suma de dinero que no dudé en rechazar.

De hecho, me apresuré a sacarle de su error. Estaba haciendo eso por mi vínculo con su hija. Era un pacto entre ella y yo, y él no tenía nada que ver en eso. Hay cosas que no se pueden comprar, por mucho dinero que se tenga. Ninguna fortuna podía compararse con aquella satisfacción.

Así que, aquella noche, Clara apareció llamando con discreción a mi cuarto. Las dos debíamos descansar adecuadamente para acudir al hospital muy temprano, pero era evidente que le apetecía estar un rato conmigo.

—¿Estás ocupada? —preguntó dejando asomar su cabecita rubia por el hueco de la puerta.

—En absoluto. Pasa.

Clara obedeció al instante. Entró de puntillas en el dormitorio y se lanzó corriendo sobre mi cama. Después, se sentó en posición de indio, justo delante de mí y sacó de debajo del camisón el motivo de tanto misterio: su famosa carpeta malva. La colocó para que yo la viera y la extendió al frente.

—Ya lo he terminado. —Sonrió orgullosa—. Toma. Es para ti.

—¿Cómo dices? —respondí impactada.

—¡Vamos! ¡Míralo!

A pesar de la sorpresa inicial, no hizo falta que me lo pidiera dos veces. Desenganché las gomas de la carpeta y la abrí para descubrir lo que contenía: una sorpresa en forma de magia y hojas de pentagrama.

Allí estaba. Nuestra historia llevada a la ficción. El relato de nuestra vida contado mediante canciones. Mi llegada a la casa acompañada de mi violonchelo, las trastadas y los desvelos con Ade e incluso el viaje a España, ese que tanto nos había marcado y unido al mismo tiempo. Un recuerdo de nuestras vivencias traducidas en un grandioso lenguaje: el de la música.

Hojeé las partituras debatiéndome entre la risa y la emoción. Después, levanté la vista hacia ella.

—Pero ¿qué has hecho, criatura?

—Pues… ¡un musical! —exclamó Clara extendiendo los brazos—. ¡Nuestra historia contada para Broadway! Lo he escrito especialmente para ti. Te lo regalo.

Al oír aquello, las lágrimas surgieron y provocaron que Clara se emborronara considerablemente. Todo cobró sentido en mi cabeza.

—Así que era esto en lo que estabas trabajando todo este tiempo —murmuré fascinada.

—Tu historia me pareció interesante —se explicó ella—. Era buen material. Me puse a trabajar y quise darte una sorpresa.

Después, con la tristeza de la recaída, todo se había detenido. Pero, gracias a la ilusión del nuevo riñón, Clara había encontrado la fuerza suficiente para sentarse y rematar su obra maestra.

—No sería justo que tú me regalaras un riñón y yo no te diera algo a cambio, ¿no crees? —anunció orgullosa—. ¡Y menos después de tanto trabajo! Te lo mereces. Lo he acabado gracias a ti.

Apreté a Clara tan fuerte que su abrazo anterior fue una minucia comparado con el mío. Ignoraba si su musical se llegaría a estrenar, pero lo que estaba claro es que era el inicio de una larga carrera como artista. Daba igual lo que Clara se propusiera. El tesón por llevarlo a cabo bien merecía el éxito. Y me sentí orgullosa por que mi riñón fuera custodiado por alguien de tal naturaleza. Estaba más que claro que una parte de mí estaba destinada a ver mucho mundo.

Al día siguiente, en el hospital, seguía emocionada por aquella idea. Tumbada ya en la camilla, repasé mi lista de temas pendientes y descansé, aliviada, por haberlos tachado todos. Quedaba poco para bajar al quirófano. Lo mejor era ir apagando el móvil y relajarme para la larga siesta que me esperaba. Alargué la mano hacia la mesilla y, antes de hacerlo, descubrí un mensaje de Budista deseándome suerte.

¡Querida Anne!:
Todo va a salir de maravilla.
En cuanto te recuperes, tomaremos un té.
Tenemos, además, otra pequeña sorpresa para ti.
Muchos besos y escríbenos cuando despiertes.

Qué pareja tan cariñosa. Cada vez me sentía más afortunada de haber conocido a Budista. Sabía que Frankfurt había acabado por mostrarme su cara alegre.

Bajé el cursor para repasar el resto de mensajes. Había un par de mis hermanas y otro de mi padre. Habían entrado casi a la vez y se peleaban por llegar a tiempo. Tanto que casi entierran el de Chicocafé.

Me emocioné al leer su nombre en el teléfono. Era un detalle que se hubiera acordado. Nada más pensar eso me reprendí a mí misma por mi actitud de víctima. Mi operación era importante. Lo mínimo es que alguien a quien le importas te mande un mensaje. Tenía derecho a recibirlo. Y a disfrutarlo. Así que así lo hice:

> Buena suerte, Anne. Aunque sé que no la necesitas. Despiértate pronto para que pueda ir a visitarte.
>
> Nos vemos en un rato.
>
> TQ. Eres grande.

Me dio un vuelco el corazón. ¿Había leído lo que creía que había leído? ¿Era posible que me hubiera puesto esas siglas tan obvias en un mensaje? Mandé a la porra el plan de calmarme y me apresuré a responderle.

> Eh, no. Esto no se hace. Las cosas no se dicen así, a la desesperada. No estamos en una película. Volverás a verme. Ya lo creo que sí.
> Y vas a tener que decírmelo a la cara. En cuanto despierte de la anestesia, te vas a enterar.

Le di al botón de enviar casi al mismo tiempo que los camilleros aparecían para llevarnos al quirófano. Así que apagué el móvil y decidí concentrarme en mi destino más próximo. Los auxiliares nos transportaron hasta una sala llena de cables y gente con mascarillas. Todo pulcro y cuidado. Identifiqué el ceño del doctor Loch entre todas las cabezas pero pronto le perdí de vista entre la multitud de batas verdes. La luz de los reflectores me cegaba. Me asusté un poco, e inmediatamente miré hacia la derecha buscando a Clara. Si a mí me imponía la situación, no quería pensar en lo que sería para ella.

Sin embargo, nada más cruzarme con su mirada pude entender que en Clara solo había calma.

—Tranquila —me susurró—. No pasará nada.

Si me hubiera hecho falta un argumento extra para convencerme, podía haber sido esa mano que Clara me extendía desde su camilla. O la visión de sus ojos combándose, al borde de la sonrisa, confirmándome que había tomado la mejor decisión de todas.

En adelante, las dos estaríamos conectadas de por vida. Seríamos como dos almas gemelas caminando en paralelo. Y mantuve ese pensamiento mientras fuera el mundo me mecía y contaba, ya adormilada, el avance de la cuenta atrás hacia el sueño.

Capítulo 15

De: Abuelo
Para: Anne Rottenmeier
Asunto: Saludos desde España

¡Hola, Guiri!

¿Qué tal está todo? ¡Esto no te lo esperabas, ¿eh?!
Espero que llegues a entender todo mi español.

Mi nieta me ha dicho que la operación ha salido perfectamente y me ha dado también tu dirección de *email* para poder escribirte. Así que aquí me tienes.

Como la línea de teléfono me salía igual de precio que poner Internet, he decidido empezar con esto del correo.
¿Qué te parece? ¡Ahora soy un abuelo moderno!
Podré hablar con mi nieta las veces que quiera con el programa ese que hay para verse en el ordenador.

Mejórate mucho. Ya sé que Clara también se encuentra muy bien. Así que cuando las dos estéis buenas, podéis veniros unos días a España conmigo y con mi Ade. Y nada de hoteles. En mi casa hay sitio de sobra.

Muchos besos para ti. Y también para Clara.

Abuelo

Qué sorpresa más bonita me llevé al encontrar aquel correo en la lista de *emails* pendientes. Al parecer, el abuelo también se había convencido de que aislarse no tenía ningún beneficio. Y había sido capaz de dar el siguiente paso. Me alegré de que para él la vida también hubiera evolucionado.

En cuanto los médicos me dejaron incorporarme, le respondí para darle las gracias. Mi español escrito era algo caótico, pero sé que me entendió perfectamente. Aquella misma noche, Dete me pasó el teléfono con la llamada del abuelo, que había decidido dejarse de *emails* y llamaba para interesarse como las personas decentes.

Agradecí mucho oírlo al teléfono. Sabía que sus avances vendrían muy bien a Ade. Y confié en que la niña se animara con ellos. Entre el tema de la operación y el ingreso en el colegio, la pobre no mejoraba. Se sentía igual de triste que cuando nos habíamos marchado de España aquella Navidad.

A los pocos días de la operación, el doctor Loch anunció que me daban el alta. La cosa fue distinta para Clara, que necesitó unos días más para controlar que reaccionara bien al trasplante. Por fortuna, su evolución fue normal. Poco después, también ella estaba en casa. Y, aunque tuvo que guardar reposo algún tiempo, su ánimo parecía otro al saber que estaba prácticamente curada.

Ni siquiera el trasiego de aquellos días me hizo olvidar la cita que tenía pendiente con Chicocafé. Tampoco él me permitió que me olvidara del asunto. En cuanto se enteró de que estaba consciente y lista para regresar a la vida normal, se aseguró de exigir el hueco correspondiente en mi agenda.

No le puse un solo impedimento. Necesitaba verlo. Y no porque me sintiera enganchada a él, sino porque tantos días de hospital y familia Sesemann me habían saturado un poquito. A mi mente le iba a ir bien desempalagar un poco de la inmersión hospitalaria.

Cuando nos vimos, Chicocafé me dio un largo abrazo al verme. De esos en los que te quedas pegado un ratito. Confesó que había estado pensando en mí todo ese tiempo y que se alegraba de verme con tan buen aspecto.

—¿Qué esperabas? —pregunté—. Solo me han quitado un riñón. Una tontería de nada.

Él se rio y asintió.

Yo estaba loca por contarle las novedades. Ya le había adelantado que el profesor Mölck me había readmitido y lo del musical de Clara, pero estaba ansiosa por relatarle los detalles. Él me escuchó atentamente y cuando dedujo que era el momento adecuado decidió pasar a la acción.

—Necesito comentarte una cosa, Anne. Con todo el lío de tu operación no quise mencionarlo, pero es importante que lo sepas: me marcho a Suiza dentro de poco.

Sabía que eso podía pasar. Bueno, más bien era consciente de que estaba a punto de ocurrir. Lo que ignoraba era cuándo sucedería.

—¿Y cuándo te vas?

—En dos semanas. Ya te comenté que lo tenía planeado. Tengo mi plaza en Zúrich para el próximo semestre.

Fue como echar agua sobre las brasas candentes. Me sentí como una planta a la que se olvidan de regar y al poco se marchita. De repente, toda mi ilusión, aquella energía renovada, acababa de marcharse por donde había llegado. Sin avisar. Por culpa de que aquel tío me gustara tanto.

—Vaya —solté tras un silencio largo—. Supongo que tendremos que aprovechar los días que nos queden aquí.

Chicocafé asintió, aunque su mirada no era esquiva. En sus ojos había más información.

—He estado meditando —añadió—. Y estas semanas me he dado cuenta de que entre nosotros las cosas marchan. Si tú quisieras...

Le puse una mano en la boca antes de que continuara.

—No, no sigas. Ya te he explicado que no puedo marcharme a Suiza. Y menos ahora que el profesor Mölck acaba de readmitirme. Tienes que entenderlo, no puedo tirar todo por la borda y renunciar a mi vida. Precisamente es ahora cuando empieza a arrancar.

Él atendió en silencio y cuando terminé mi parrafada, se lanzó a hablar de nuevo.

—Iba a decirte que si tú quisieras continuar en contacto este semestre, podríamos meditar una solución. Jamás permitiría que vinieras ahora a Suiza, Anne. Has conseguido cosas muy grandes y yo no soy quién para poner trabas a eso.

—Entonces, no entiendo —respondí—. ¿Qué pretendes que hagamos?

—No lo sé. Hay Internet y teléfonos. Ya encontraremos una solución. No creas que vas a librarte tan rápido de mí. Tal vez en un futuro Frankfurt me merezca la pena. O puede que Berlín. Me gustas demasiado como para marcharme así sin más.

Nada más decir eso, Chicocafé me agarró de la cintura, me llevó hacia él y me besó intensamente. Lo hizo con cuidado. Yo creo que temía tocar donde no debía y que el dolor hubiera boicoteado la escena romántica. Hubiera estado gracioso, sin duda. Aunque agradecí que no fuera así.

Cuando nos separamos, los dos estábamos más relajados. Echamos a caminar por el parque, que nos recibía con un sol radiante, como esos españoles.

—No te creas, yo también tengo cosas que comentarte —confesé—. No eres el único que se muda de casa.

—¿En serio? —preguntó—. ¿Dejas el empleo?

—Así es. Creo que mi etapa en la casa Sesemann ha llegado a su fin. Clara va a encontrarse mejor a partir de ahora y no me sentiría cómoda después de todo lo que ha pasado. Necesito mantener un poco de distancia, ¿sabes?

—O sea, que primero le donas un riñón y ahora la abandonas.

—¡Nada de eso! He decidido que, a partir de ahora, Clara será mi amiga. Pienso seguirla muy de cerca. Lleva mi riñón. Jamás podría separarme de ella.

—¿Y qué pasa con Ade?

—Ese es el único problema —suspiré—. Sigue tan triste como de costumbre. Ni siquiera Clara y su mejoría le han hecho levantar cabeza. No acaba de adaptarse al colegio. Ni a nada, realmente. Sé que el que yo me vaya va a ser duro para ella.

—Espero que eso no te frene.

—Tranquilo —respondí—. Ahora tengo claro, más que nunca, que yo soy quien ha de elegir mi camino.

A pesar de que no paraba de burlarse de mí, yo sabía que Chicocafé comprendía mis motivos. Me agarró de la mano y la apretó fuerte.

—¿Y dónde vas a vivir? ¿Has empezado a buscar piso?

—No ha hecho falta. Budista y Theresa me dejan su casa. En quince días se van de viaje a la India, a un retiro. Y los meses que estén fuera podré quedarme en su apartamento. Así cuidaré de Navidad.

Chicocafé sacudió la cabeza, como si toda mi buena suerte también a él le estuviera sorprendiendo.

—Qué curioso —dijo al cabo de un rato—. Al final vas a terminar viviendo en ese apartamento.

—No se te ocurra burlarte —le advertí—. No lo hagas. Creo que ha quedado suficientemente demostrado que las señales son reales.

—Eres una fanática —se defendió él—. Lo único que yo veo es una señora casualidad.

—Jamás nos pondremos de acuerdo.

—Así será más divertido —se rio él—. Lo bueno es que aún tienes mucho tiempo por delante para intentar convencerme.

—¿Cuánto?

—No sé. El que tú necesites.

Chicocafé me besó y yo decidí que ya habíamos paseado bastante. Señalé un establecimiento a la puerta del parque y los dos nos dirigimos allí para tomar algo caliente.

Epílogo

De: Dete
Para: Anne
Asunto: Gracias

Querida Anne:

Perdona que haya tardado un tiempo en escribirte, pero creo que ha sido necesario hasta que todo terminara de colocarse.

Me alegro de que ya te hayas instalado. La despedida fue dolorosa, pero yo también creo que ha sido beneficiosa en todos los aspectos. Llevabas razón en que era el momento adecuado.

No debes sufrir por Ade. Los días de después estuvo muy triste, pero me sirvieron para darme cuenta de lo absurdo que es que permanezca aquí. He hablado con su abuelo hace unos días y los dos hemos acordado que regrese a España para el curso que viene. Es lo mejor para ella, y me he dado cuenta gracias a ti.

Clara sigue estupendamente. Supongo que te escribes más a menudo con ella, porque yo, la verdad, apenas le veo el pelo. Es como si quisiera recuperar todo el tiempo que ha estado metida en casa. ¡No sabía que tuviera tantos amigos!

Te escribo desde mi apartamento. No creas que he olvidado la charla que mantuvimos en España. Medito mucho sobre ello. Inoculaste una especie de virus en mi cabeza y sé que algún día tendré que dar ese paso. Pero no es fácil. Me va a apenar mucho, sobre todo por Clara. Pero llevas razón en que debo ponerme yo por delante antes de ser infeliz.

Me has demostrado que da igual lo que nadie piense.

He de ser valiente para defender mis actos.

Te contaré más adelante. ¿Querrás que tomemos juntas un café? Quizás un día de estos.

Muchas gracias por todo lo que me has enseñado.

Nos vemos en breve.

Besos,

Dete

Sabía que acabaría dejándolo. Que era cuestión de tiempo. Seguiría su camino hasta que encontrara el sendero correcto.

No sé si Chicocafé llevaba razón y las señales son absurdas o si por el contrario todo sigue un orden cósmico inexplicable. Lo único que sé es que sucede y todos formamos parte de ese caos establecido.

Porque estamos conectados. Ya sea por la familia, el azar o el destino, todo eso que nos une sabe encontrar, tarde o temprano, su atajo.

Agradecimientos

Todo eso que nos une bebe de muchas personas reales; unas cercanas y otras más lejanas, pero sería una ingrata si no mencionara aquí a las que han sido vitales para la elaboración de la novela.

En primer lugar, a la doctora Lucía Gayo, nefróloga del Hospital Doce de Octubre. Su sabiduría y sus consejos han sido fundamentales para la concepción del libro y de los personajes. Mil gracias por las lecciones de medicina y por la supervisión del texto.

A Johanna Spiry por haber escrito *Heidi*. Su novela mostró a la señorita Rottenmeier como alguien árido, gélido y sin corazón; una mujer desnaturalizada. *Todo eso que nos une* pretende explicar la otra cara del personaje.

A todos los colectivos feministas que me han ayudado a ser la persona que soy: la Concejalía de Igualdad del Ayuntamiento de San Fernando de Henares, la asociación Clásicas y Modernas, el Lyceum Club de Lectura de Valencia y sus brigadistas literarias, las Chirlis de Lindesca… Cuánto bien nos hace rodearnos de grupos así.

A mis referentes femeninas (más escasas de lo que yo quisiera), que siempre lucharon por sus sueños y actuaron como faros en los momentos duros: María de Lejárraga y García, Maruja Mallo, Luisa Carnés, Gerda Taro, Gloria Fuertes,

Ana María Matute, Carmen Martín Gaite, Barbra Streisand, Rosa Montero, Ana Belén, Elvira Lindo, Begoña Oro, Ledicia Costas, María Jesús Espinosa de los Monteros… No ceso de añadir nombres a la lista. Una lista que siempre estará abierta.

A la editorial Anaya y en especial a mi editora, Patricia Emo, con la que el proceso de edición ha sido un dulce paseo en góndola. Anne no podría haber encontrado una casa mejor en la que quedarse.

A Diego Arboleda y a Javier Ruescas, porque siempre han creído en esta historia.

A Raquel, a Carlota, a Lola y a Eva. Porque siempre hay un mensaje de respuesta.

Y por último, a las mujeres de mi vida: mi hermana, mi madre y mi abuela.